# 텃밭 생명 일지

- 주말 자연인의 열두 달

**김옥성** 글과 사진

지식과교양

머리말

# 소리울 - 십년 동안의 숲속 이야기

소리울 숲속 이야기이다. 지난 십여 년 동안 주말마다 텃밭 농사를 지으며 자연과 교감한 경험을 틈틈이 글과 사진으로 기록해 둔 조각들이다. 조금 깊이 있게 보완해서 인문학적인 책으로 출간할까 고민하다가 날 것인 채로 묶었다. 현장감을 잃고 싶지 않았다.

주말에 하루 이틀 시간 내는 게 쉽지 않았지만 독실한 신자처럼 성실하게 출석했다. 자연 속에서 신성과 생명의 충만을 느꼈다. 노동과 유희가 다르지 않았다. 오래된 미래의 에덴을 가꾸고 싶었다.

기후 변화와 위기를 절감하면서 나의 텃밭 생활이, 그리고 이 책이 지구별 생태계를 돌보는 데에 조금이라도 보탬이 되었으면 하는 소망을 가져본다.

사랑하는 가족,
그리고 지구별의 모든 생명들에게 이 책을 바친다.

2024년 봄
소리울 숲속학교에서 김옥성

차 례



## 소리울 - 오래된 미래를 찾아서



## 봄 텃밭 일지 - 노동의 즐거움과 생명의 향연

### 3월 - 봄은 삽질로부터

4월 – 산에 들에 축제가



5월 – 텃밭이 가득 차올라서



6월 – 베리가 베리 굿

## 여름 텃밭 일지 - 지옥에서 놀다

### 7월 - 물 지옥의 생태 공동체



### 8월 - 불 지옥의 휴식과 운치



## 가을 텃밭 일지 - 바삭한 낙원과 낭만적 고독

### 9월 - 다시 낙원으로

### 10월 - 낙원의 전성기



### 11월 - 다가올 시련을 예감하며



## 겨울 텃밭 일지 - 아름답고 가혹한 동화의 나라

### 12월 - 겨울 손님들

**1월 – 혹한 속의 생명**



**2월 – 다시 봄으로**



## 밭두렁에 앉아 생각하다

# 소리울 - 오래된 미래를 찾아서

▲ 저자와 딸아이

# 마침내 터전을 마련하다

늘 가슴 한편이 허전했다. 무엇이 빠진 것일까? 영혼의 빈곤을 채워줄 변화가 절실했다. 2014년, 마흔 살 무렵 아이가 생기면서 나는 진지하게 질문을 던졌다. 영혼이 충만한 삶은 어떤 것일까?

나는 그 해답을 '자연'에서 찾았다. 자연과 함께한다면 헨리 데이비드 소로가 말한 '삶의 진수'를 맛볼 수 있을 듯싶었다. 마당에 작은 텃밭을 일구며 아이에게도 자연과 공존하는 삶을 선물해주고 싶었다. 삭막한 아파트 숲에서 아이가 성장하도록 내버려두기는 싫었다. 그건 많이 미안한 일이었다. 결단이 필요했다.

아내에게 전원주택으로 들어가자는 의견을 조심스럽게 말했다. 며칠 생각해보더니 내놓은 결론은 반대였다. 맞벌이 부부인 우리 삶에 적합한 조건은 편의 시설이 밀집된 아파트 단지라는 이유였다. 우리 상황에서 전원주택은 무책임한 선택이 될 수 있다는 생각이었다. 아이의 성향이 도시적일지 전원적일지 우리가 예단해서는 안 된다고도 덧붙였다. 일리가 있었다.

대안으로 내가 생각해낸 것이 주말 텃밭이었다. 아내와 상의 끝에 나

▲ 노지 딸기꽃

는 몇 가지 원칙을 정해 적당한 부지를 물색하기 시작했다. 첫째, 용인 집에서 한 시간 안팎으로 도달할 수 있는 곳. 오가는 시간과 스트레스를 줄이고 싶었다. 둘째, 개발 가능성이 낮은 곳. 오랜 세월 안정적으로 주말 농사를 지으며 자연과 관계를 유지할 수 있는 장소가 필요했다. 셋째, 너무 외지지도 않고 너무 번잡스럽지도 않은 곳. 넷째, 1억 원 이하. 당시 우리는 전셋집에 살면서 주택 구입 자금을 모으고 있었다. 거기에서 일부를 꺼내 쓰고 다시 그만큼 모일 동안 주택 구입을 미루기로 했다. 다섯째, 300평 안팎의 규모. 유실수, 채소, 나물, 화초 등 다양한 작물을 길러보고 싶었고, 야생초밭도 남겨두고 싶었기 때문이다.

용인시 처인구, 화성, 안성, 이천, 여주 등지를 주말마다 돌아보았다. 마음에 쏙 드는 곳이 별로 없었다. 몇 달 동안의 답사 끝에 간신히 구한 곳이 경기 동남부 산지에 있는 농지였다. 용인, 이천, 안성이 접하는 부분이었다. 마을 뒤쪽으로부터 멀리 물러선 오지 계곡에 자리 잡은 땅이라 개발 가능성도 낮았다. 마침 이제 막 신축한 외딴 농가주택 바로 옆 밭이었다. 계곡이라 수해가 걱정되었고 인가와 접해서 갈등의 소지가 있었다. 여러모로 마음에 걸리는 부분이 많았지만 한편으로는 두루두루 내가 선호하는 부지에 가까웠다.

# 소리울 - 또 다른 고향

수소문해보니 내 땅이 위치한 계곡의 옛 지명은 '소리울'이었다. 소나무가 울창한 곳이라서 그렇게 불렸다고 한다. 지금은 논과 밭으로 이루어진 농지이지만, 마을 사람들 말로는 한때는 몇 가구가 사는 작은 마을이 있었다고도 했다. 마을의 흔적인지 계곡 위쪽 산기슭에 두 세대가 살고 있었다. 두 곳 모두 은퇴한 노부부가 거주하고 있었다. 한 집은 아담한 철근콘크리트 건물이었고, 다른 하나는 철제 컨테이너를 개조해 만든 허술한 건물이었다. 농로를 사이에 두고 나란히 앉은 두 집 주위로 30미터는 족히 되어 보이는 메타세쿼이아 나무 몇 그루가 수호자처럼 지키고 서 있었다. 메타세쿼이아는 계절에 따라 옷을 갈아입으며 묘한 분위기를 자아내었다.

내 땅은 원래 계곡 아래의 끝자락에 위치한 논이었다. 전주인은 십수 년 전 1500여 평의 진창 논을 구입한 다음 마사토로 객토하여 밭을 만들었다. 그도 직장 생활을 하는 주말 농부였는데 그 너른 땅에 모두 복숭아나무를 심어 십수 년 동안 과수원을 운영했다고 한다. 과수원을 세 구역으로 분할하여 매각하는 중이었는데, 나는 그 일부인 400평을 매입했다.

▲ 복사꽃

계획보다 100평이나 더 넓어졌다. 그러나 오지라서 예산은 더 절감되었다. 내 땅에는 두 그루만 남겨두고 복숭아나무를 모두 뽑아냈는데 옆 밭에는 수십 그루가 아직 남아있었다. 복사꽃이 피는 봄에는 장관이었다. 그야말로 도화원(桃花源)이었다. 내 텃밭에 남은 두 그루도 여간 아름다운 게 아니었다. 동양 문화권에서 복사꽃은 낙원의 상징이 아니었던가. 그 두 그루로 인하여 내 텃밭도 고스란히 도화원이 되었다. 이따금 커다란 제비나비가 복사꽃에 날아들기도 했는데 그럴 때면 마치 환상적인 동화 속에 들어와 있는 기분이었다.

마사토는 모래와 비슷한 흙이다. 날이 가물 때는 돌처럼 단단하게 굳어버리고, 비가 많이 내리면 발이 쑥쑥 빠질 정도로 뻘밭이 되어버린다. 가물 때 물 가짐이 좋지 않기 때문에 작물이 고사하기 쉽다. 물을 자주 줘야하는 것이다. 반대로 장마가 길어지면 뿌리가 썩기 쉬우므로 이랑을 높여 물 빠짐이 좋게 해야만 한다. 아주 가물거나 장마가 길지만 않으면 마사토는 농사짓기에 아주 궂지는 않다. 그러나 건강한 땅은 아니다.

나는 이 땅을 '또 다른 고향'으로 만들고 싶었다. 부모님, 형제들과 함께 농사를 짓던 어린 시절이 그리웠다. 주말만이라도 행복한 그 시절을 다시 살아보고 싶었던 것이다. 추억의 유실수와 채마, 화초를 심고 아이에게도 나의 유년 시절을 선물처럼 건네주는 장밋빛 꿈을 꾸었다.

# 주말 자연인 프로젝트

원래 계획한 텃밭은 주말 하루 우리 세 가족이 자연과 함께 하는 공간이었다. 우리 부부는 돌도 채 지나지 않은 아이를 데리고 텃밭을 찾곤 했다. 텐트를 설치하고 짐을 풀었다. 샤워 시설이나 화장실도 없는 허허벌판에서 아이와 함께 하루를 보내는 일은 쉽지 않았다. 처음에는 들뜬 마음으로 가족이 함께 들녘을 즐겼다. 나는 밭에서 일하고 아내는 곁에서 아이를 돌보았다. 아이가 조금 자라서는 놀이 삼아 함께 흙을 일구기도 했다. 나는 참 좋았다.

그러나 편의 시설도 없는 공간에서 온종일 아이를 돌보아야 하는 사람과 아이의 입장에서는 지속 가능하지 않았다. 춥고, 덥고, 심심하고, 불결하고, 불편하고, 짜증나고 ……. 그게 현실이었다. 조금 나아지길 기대하며 컨테이너를 설치하고 전기도 끌어들였다. 그러나 별반 달라지지 않았다. 화장실과 수도 시설이 없으니 텐트나 컨테이너나 별 차이가 없었다. 지자체에서 컨테이너와 전기까지는 허가해줬지만, 화장실과 상수도는 금지했다. 어쩔 수 없었다. 결국 아내와 아이는 가족 텃밭 프로젝트에서 중도 하차했다. 고작 스무 번이나 됐을까. 가족 텃밭의 원대한 계획은 그렇게 막을 내렸다.

텃밭은 고스란히 내 몫이 되었다. 계획은 자연스럽게 '가족 텃밭'에서 '주말 자연인 텃밭'으로 변경되었다.

좋다. 일요일 하루는 오롯이 홀로 자연인의 삶을 살아보자.

그렇게 생각하니 가슴이 벅차오르기까지 했다. 소로가 그랬고, 법정 스님이 그랬을 것이다. 법정 스님이 남긴 저서 중엔 『홀로 사는 즐거움』이라는 수필집도 있다. 주말엔 소로처럼, 법정 스님처럼 자연인이 되어 홀로 살아보는 것이다.

나의 주말 자연인 프로젝트는 그렇게 시작되었다. 주말 하루는 자본주의 체제 바깥의 삶에 할애하고 싶었다. 소로가 『월든』에서 보여준 생태주의의 핵심 중 하나가 자본주의 비판이다. 자본주의는 온갖 과잉을 부추긴다. 과잉 생산, 과잉 소비, 과잉 경쟁……. 대학 교수의 삶도 이러한 자본주의의 못된 속성으로부터 자유롭지 않다. 소로는 월든호 곁에서 자본주의 바깥의 삶을 실험했다. 법정 스님도 소로의 추종자이다. 두 분은 자본주의 체제 외부의 삶을 몸소 보여주었다. 나는 두 분의 추종자이다. 자명한 사실이지만 자본주의는 장점이 많은 체제이다. 그러나 그에 못지않게 많은 한계를 지닌 것도 사실이다. 특히 자연 훼손과 파괴의 원흉이라 해도 과언이 아니다. 그런 자본주의의 대안 중 하나가 생태주의이다.

내가 계획한 주말 자연인의 삶은 일주일에 단 하루라도 최대한 생태적으로 살아보는 것이다. 그렇다면 생태적 삶은 무엇인가. 그것은 자연 훼손을 최소화하면서 자연과 교감하며 호혜적 관계를 유지하는 삶이다.

돌아보면 내가 수행한 주말 자연인 삶의 방식은 몇 가지로 정리된다.

첫째, 흙을 보호한다. 흙도 하나의 생명 공동체이다. 다양한 미생물과

▲ 자연 재배 채소밭

벌레들이 사는 곳이다. 농약과 화학 비료를 무분별하게 사용하는 관행 농법은 흙의 생명 공동체를 파괴한다. 더 이상 흙속에 생명체가 살 수 없다. 흙을 약탈하는 농법이다. 나는 농약을 절대 사용하지 않고, 화학 비료는 꼭 필요한 경우에만 소량 투여하여 흙의 생명 공동체를 보호하는 농사를 지었다.

둘째, 야생 생명을 보호한다. 무수히 많은 야생 동물과 식물이 텃밭에 기대어 살아간다. 야생초들이 살아갈 수 있는 풀밭을 남겨둔다. 풀밭을 남겨주면 자연은 여러 가지 나물을 그 대가로 내어준다.

멧밭쥐 같은 설치류들, 족제비, 딱새와 뱁새 같은 새들, 개구리, 장지뱀, 뱀, 메뚜기……. 뭇 비인간 동물들이 편히 살아갈 수 있는 환경을 만들어준다. 다양한 동물들이 먹고 먹히며 생태 공동체를 형성한다. 텃밭에 서식하는 다양한 동물들을 보는 것만으로도 즐겁고 위안이 된다.

셋째, 자연을 관찰한다. 땅을 마련한 목적은 농사가 다가 아니다. 어쩌면 가장 큰 목적은 텃밭 농사를 지으며 자연을 관찰하고 이해하고 교감하는 것이다. 텃밭에서 자연의 변화와 생물들을 관찰하고 기록하면서 자연과 함께하는 생태적 삶에 대해서 고민한다.

넷째, 생태적으로 노동을 한다. 경운기나 관리기를 사용하지 않고 순전히 인간의 노동력으로만 일한다. 삽과 괭이, 쇠스랑, 낫 같은 자연 친화적인 농기구만으로 일한다.

다섯째, 작업복은 따로 구입하지 않고 헌옷을 재활용한다. 소로는 『월든』에서 패션 문화에 대해 신랄하게 비판한다. 유행과 허영에 의존하는 자본주의적 의복 문화를 지적하고 실용성을 강조한다. 오늘날에도 딱 들어맞는 비판이다. 유행에 맞추어 멀쩡한 옷을 버리고 다시 사는 무분별한 의복 문화가 자연 훼손에 일조했음은 두말할 나위가 없다. 주말 농장에도 패션이 있다. 유행에 따라 고가의 기능성 의류를 입고 작업하는 사람들이 많다. 그들의 주말 농장은 생태적 삶과는 상당히 거리가 있다.

나는 폐기처분해야 할 낡은 옷을 작업복으로 쓴다. 와이셔츠, 정장 바지까지 가리지 않고 재활용한다. 거의 누더기가 될 때까지 입는다. 지나가는 사람들이 보면 많이 괴이해 보일 것이다. 그러나 개의치 않는다. 소로도 그렇게 입었다.

여섯째, 텃밭에서는 가급적 사람과 교류하지 않는다. 자연과의 교감에 집중하기 위해서이다. 지나가는 사람들과 일일이 인사하고 교류하거나 지인을 초대하다보면 텃밭이 사교의 장이 되어 버린다. 오롯이 홀로 자연과 대면하면서 생태적 삶을 체험하고 사유하는 시간을 갖는다. 간혹 여름 방학 때에 야영을 하면 일주일씩 머물기도 하는데 이때도 거의 사람을 만나지 않는다. 일주일 동안 묵언수행하듯이 자연인으로 살아본 적도 몇 번 있다.

# 나의 생태 농법

농약과 화학 비료를 사용하는 생산성 중심의 재배법을 '관행 농법', 유기질 비료만 허용하는 재배법을 '유기 농법', 농약이나 비료를 전혀 투입하지 않는 것을 '자연 농법'이라고 한다. 자연 농법은 가장 이상적인 재배 방식이다. 일찍이 일본에서 유행하기 시작해 전세계적으로 각광을 받은 농법이다. 나는 후쿠오카 마사노부의 『짚 한 오라기의 혁명』, 가와구치 요시카즈의 『신비한 밭에 서서』 등을 읽으며 꿈에 부풀었다. 자연 농법은 농약과 비료를 투입하지 않는 것은 물론 경운(耕耘)도 하지 않는다. 이들의 글을 읽다 보면 노동력을 거의 들이지 않고 손쉽게 농사를 지을 수 있을 것만 같았다. 밭을 갈지도 김을 매지도 않고 농약, 비료도 하지 않으니 얼마나 수월한 일인가.

내가 평소 동경하는 삶은, 법정 스님, 타샤 튜더, 마루야마 겐지와 같은 것이었다. 이들은 텃밭을 일구거나 정원을 가꾸는 작가라는 공통점이 있다. 법정 스님은 불일암과 강원도 오두막에 홀로 기거하면서 텃밭을 일구며 글을 썼다. 타샤 튜더는 30만평의 대정원을 가꾸며 집필활동을 했다. 겐지는 370평의 정원을 돌보며 왕성한 창작 활동을 펼친다. 이

들에게 자연과 가드닝은 영감의 원천이다. 나는 이들처럼 자연과 교감하며 삶에서 우러나는 글을 쓰고 싶었다. 낙원 같은 텃밭을 일구며 공부하고 글을 쓰는 일에 즐겁게 매진할 수 있을 것만 같았다. 텃밭을 작물과 화초가 함께 자라는 키친 가든으로 디자인할 생각이었다. 나는 텃밭에 심을 유실수, 채소, 화초 등의 목록을 정리하고 배치도를 구상하면서 잔뜩 들떴다.

그러나 자연 재배의 꿈은 첫해에 산산이 부서졌다. 마사토라 보습력이 좋지 않아 거의 매일 물을 주지 않으면 많은 작물과 화초가 말라 죽어 버렸다. 생명력이 강해서 살아남은 것들은 잡초가 가만두지 않았다. 잡초는 작물보다 강하고 성장 속도도 상상 이상으로 빨랐다. 기온이 오르고 비가 내리면 순식간에 작물을 삼켜버렸다. 잎과 줄기는 작물을 덮어버리고, 뿌리까지도 작물의 뿌리를 움켜쥐고 옥죄어 버렸다. 잡초의 뿌리를 뽑으면 당연히 작물도 같이 뽑혀버렸다. 그렇다고 뿌리는 놔두고 잡초의 줄기와 잎만 제거하면 순식간에 다시 원상 복귀해버렸다. 잡초의 위력 앞에서는 속수무책이었다. 작물뿐만 아니라 화초도 마찬가지였다. 잡초는 작물과 화초를 가리지 않는다. 30만평의 대지를 정원으로 일구어낸 타샤 튜더가 새삼 존경스러웠다.

주말 농부에게 자연 재배는 불가능했다. 만약 내가 전업 농부이고 텃밭 곁에 거주한다면 충분히 가능할 것도 같았다. 후쿠오카나 가와구치는 농지와 일체가 된 사람들이다. 자연 재배는 거의 농지에서 살다시피 하면서 농지의 생태를 이해하고 체화할 때 가능한 일이다. 건초나 낙엽을 구해다가 흙을 덮어주어 보습성을 높이고, 작물이 어릴 때는 잡초를 제거해줄 필요도 있다. 자연 재배는 방치가 아니라 농부와 농지가 일체가 되는 협업이다. 농부는 곁을 지키며 텃밭의 생태계가 원활하게 순환하도록 윤활유 역할을 해주어야 한다. 그러니 일주일에 하루이틀밖에 들를 수 없는 주말 농부에게는 불가능한 일이었다.

결국 농사의 현자들이 제시한 자연 재배 대신 주말 농부의 처지에서 가능한 나만의 농법을 찾아야만 했다. 시행착오 끝에 나의 상황에 맞는 농법을 찾았다. 살충제, 제초제와 같은 농약은 일절 사용하지 않는다. 대신 비닐과 유기질 퇴비, 그리고 영양보조제로서 약간의 화학 비료를 사용하는 혼합 농법이다. 어느 정도는 자연 친화적인 방식이라 할 수 있다.

농사는 잡초와의 전쟁이다. 잡초를 잡지 못하면 포기해야만 한다. 나는 채소 재배 구역만은 검정 비닐로 멀칭을 하기로 했다. 물론 자연에 이로운 방법은 아니다. 그러나 사용하고 난 후에 분리수거를 잘하는 것으로 마음의 부담을 약간 덜어낼 수 있었다. 비닐 멀칭도 하지 않는다면 제초제를 사용하지 않는 주말 농부가 채소를 길러 먹을 도리가 없다. 어쩔 수 없는 차선책이다.

비닐 멀칭은 확실히 효과가 있다. 손이 전혀 가지 않는 것은 아니었지만 주말 농부의 잡초에 대한 근심을 확실히 덜어주었다. 또한 보습과 보온 효과는 물론 비료의 유실도 막아준다. 여러모로 농작물을 돌보는 데에 큰 도움이 된다. 작물을 수확한 후 철저하게 수거하여 분리 배출하면 자연에 대한 피해도 어느 정도 줄일 수 있다.

채소 구역 바깥의 작물은 스스로 잡초와의 전쟁에서 살아남아야만 한다. 따라서 생존력이 강한 작물을 골라 심었다. 꽃이 아름다운 유실수, 자생력이 강한 베리류, 잡초처럼 자라는 나물을 심었다. 주로 제초 작업을 해주지 않아도 잡초 사이에서 살아남을 수 있는 작물들이다.

좋은 땅을 만들기 위해서는 건강한 퇴비를 넣어주어야 했다. 나는 건강한 재료로 스스로 퇴비를 만들고 싶었다. 내 자작 퇴비의 주재료는 잡초였다. 작물을 심지 않은 곳은 풀이 마음대로 자라났다. 늦가을 우거진 풀을 모아 두엄자리를 만들었다. 이 두엄자리에는 집에서 가져온 음식물 쓰레기를 그때그때 보충했다. 단백질이 많이 함유된 음식물을 별도의 통에서 발효시켜 줘나 벌레가 꼬이지 않게 했다. 음식물 쓰레기를 퇴비화해서 다시 음식으로 순환시키는 즐거움이 쏠쏠했다.

그러나 자작 퇴비는 양적으로 매우 부족했다. 농사에 사용되는 주된 퇴비는 농협에서 구입했다. 봄에 10포 정도 받아두면 한 해 쓰기에 적당했다. 자작 퇴비보다는 농협 퇴비가 편리하고 실질적인 효과도 좋았다. 자작 퇴비는 심리적인 효과가 컸다. 내가 지구를 위해 뭔가를 하고 있다는 기쁨을 안겨주었다.

농협 퇴비와 자작 퇴비를 충분히 뿌려주어도 발육이 부진하거나 병에 걸리는 채소들이 생겨났다. 지나가는 주민들이 필수 영양소가 부족해서 그럴 수 있으니 복합 비료를 뿌려보라고 했다. 어쩔 수 없이 복합 비료를 소량 보충해줬더니 정말 건강한 열매채소가 맺혔다. 건강한 채소를 수확하기 위해서는 무턱대고 화학 비료를 거부할 수도 없다. 비옥한 토양이 아니라면 영양소의 균형을 위해서 화학 비료를 적당량 사용할 필요도 있다. 화학 비료는 정말 꼭 필요한 경우 소량만 사용한다. 나는 채소밭이 넓지 않기 때문에 거의 10년 동안 복합 비료 두 포도 다 쓰지 못했다. 그래도 충분했다. 흙에는 유기질 퇴비가 주식이라면 화학 비료는 영양보충제가 될 수 있다. 화학 비료가 주가 되고 유기질 퇴비가 부가 된다면 흙이 황폐해진다. 화학 비료를 최소한으로 필요한 만큼만 보충해준다면 흙이 고마워 한다.

비닐, 화학 비료, 유기질 퇴비 등을 사용하는 나는 과연 생태적으로 농사를 짓고 있는 것인지 의구심이 들었다. 허나 농약을 살포하지 않는 것

▲ 세상에서 가장 맛있는 채소

하나만으로도 나는 지구 생태계에 보탬이 되는 걸 확인했다. 농사 첫해부터 벼메뚜기, 방아깨비, 풀무치, 사마귀 등 수많은 곤충이 모여들었다. 자연히 그것을 먹고 사는 개구리의 개체수가 급증했고, 그에 따라 뱀도 눈에 띄게 늘었다. 딱새와 뱁새, 멧밭쥐가 여기저기에 둥지를 틀었다. 텃밭이 낙원이 되어 가고 있었다. 내가 생태적으로 농사를 짓고 있다는 증거가 아닐까?

물론 후쿠오카나 가와구치처럼 온전한 자연 재배를 할 수 있다면 더없이 기쁠 것이다. 그들의 삶은 거의 땅과 일체가 된 것이나 다름없다. 밭의 생태를 온전히 이해하고 한 몸이 될 때 그들과 같은 자연 재배가 가능해진다. 나도 1년 365일 밭에 붙어서 살 수 있다면 그런 경지가 가능해질 것도 같다. 그런 삶이 부럽다. 그러나 나는 주말 농부이다. 고작 일주일에 하루 이틀 할애할 수 있는 시간 가난뱅이이다. 그런 나의 수준에 맞는 생태 농법을 펼칠 수 있을 뿐이다. 그거면 충분하다.

나의 농사 기술이 점점 발전하다 보면 후쿠오카와 가와구치의 경지에 도달할 날이 올지도 모르겠다. 나중에 퇴직하고 나서 시간 여유가 생긴다면 쉽게 그 경지에 이를 것도 같다.

# 소리울의 월령 - 24절기

농사는 시기가 열쇠다. 때를 놓치면 허망하다. 가령, 상추는 3월에 심으면 6월까지 넉넉하게 따먹을 수 있는데, 시기를 놓쳐 5월쯤 심으면 거의 먹어보지도 못한 채 꽃대가 올라오고 이어서 장맛비에 짓무르게 된다. 때를 맞추지 못하면 손해가 크거나 헛고생만 할 수도 있다. 수확량과 품질이 절대적으로 중요한 전업 농부는 최적의 시기를 골라 파종하고 수확한다. 그러나 취미 수준의 주말 농부라면 대충 때를 맞추고 적당히 심어도 좋다.

대충이라도 알맞은 시기를 맞추려면 계절의 흐름을 읽을 수 있어야 한다. 자연에 대한 문식력이 필요한 것이다. 이때 좋은 지표가 24절기이다. 절기는 중국 화북 지방의 기후를 반영하여 정해졌다. 따라서 우리나라와는 차이가 날 수밖에 없다. 더군다나 한반도는 남북으로 길게 뻗어 있어서 지역 차를 무시하기 어렵다. 우리 조상들은 우리 기후에 맞게 절기를 해석하고 농사일정을 맞추었다. 오늘날에도 자연을 유심히 관찰한 사람들은 절기의 의미를 곧이곧대로 받아들이지 않는다. 절기를 참고하며 산야의 변화를 살피다 보면 시나브로 자연 문식력이 생겨난다. 나도 십여 년 주말 농사를 지으며 절기를 매개로 내 텃밭의 시간 감각을 터득했다. 이제 절기는 중국의 것이 아니라 내 텃밭의 월령(月令)이다.

최근 이상 기후 현상이 심해지면서 매년 기후 편차가 크게 나타난다. 그럼에도 불구하고 절기에 크게 어긋나지 않는 자연의 흐름이 있다. 절기는 여전히 자연의 흐름을 읽고 그에 따라 농사 일정을 예측하고 준비하는 데에 적절한 지침을 준다. 가령 봄에는 청명, 가을에는 한로를 전후로 철새의 이동이 극에 달한다. 아직 겨울이지만 입춘이 되면 미리 봄을 맞을 마음의 준비를 하게 된다. 곡우 무렵 농사비에 맞추어 열매채소를 정식하고, 하지 무렵 장맛비가 내리기 전에 감자를 모두 캐낸다. 절기에 견주어 산야를 살피면 오묘한 자연의 섭리가 보이고, 그에 맞추어 농사일을 하면 탈이 적다.

기후 변화와 기상 이변이 일상이 된 시대이다. 계절이 뒤죽박죽되어 버리는 날이 많다. 언제까지 절기가 유효할지 걱정된다. 자연을 가까이 하는 사람들, 자연을 형제로 여기는 사람들, 자연을 아끼는 사람들이 늘어나서 그런 걱정이 기우가 된다면 좋겠다.

▲ 오이

# 텃밭의 신학

나는 주로 일요일에 텃밭에 나간다. 물론 토요일이나 주중에 가는 때도 있다. 직장 일이 한가할 때는 자주 들른다. 특히 여름 방학 때는 야영을 하면서 며칠씩 머무르기도 한다. 영동선을 거쳐 가는 길이라 토요일은 새벽부터 도로가 많이 막혀 부득이한 경우가 아니면 나서지 않는다. 토요일은 가급적 온전히 가족과 함께 지낸다. 남들은 교회나 성당, 사찰에 가는 일요일에 텃밭에 나가다 보니 그곳이 성전처럼 느껴진다. 엉뚱한 생각만은 아니다. 나는 자연을 만나기 위해 텃밭에 나가지 않는가? 스피노자는 신은 곧 자연 자체라고 했다. 나도 중학생 때부터 그 비슷한 생각을 했었다.

나는 일고여덟 살 때부터 교회에 나가기 시작했다. 종손이신 할아버지께서 기독교로 개종하시면서 집성촌이었던 마을의 주민들이 대부분 기독교 신도가 되었다. 그때부터 우리 가족도 모두 신자가 된 것이다. 어린 나이에도 일요일이면 빼먹지 않고 십 리도 넘는 길을 걸어서 교회에 나가 예배를 드리고 주일학교에도 꼬박꼬박 출석했다. 그러나 그것은 신앙적 행동이 아니라 의례적인 주말 행사와도 같은 것이다.

중학생 때부터 진지한 고민이 시작되었다. 과연 신이 있다면 어떤 존재일까? 신이 있다면 우주 자체가 신이고, 사람들은 우주의 섭리를 신의 섭리로 해석하고 있다는 생각도 들었다. 여러 생각 중 하나였다. 물론 치밀한 논리가 갖추어진 것은 아니고 유치한 수준이었다. 대학에 와서 만난 스피노자의 신 개념이 그때의 생각과 매우 가까웠다. 스피노자에 의하면 신이 곧 자연이고, 만물은 신에게서 태어나 신으로 돌아간다. 만물이 곧 신이다. 그렇게 생각하면 나는 신을 알현하기 위해 텃밭에 가는 것이다. 거기에서 신을 보다 더 가까이 느끼고 경험한다. 흙과 풀과 물과 나무와 공기와 햇볕이 신성으로 다가온다. 나는 몸과 마음이 충만함을 느낀다. 텃밭의 신비는 신의 신비이다. 텃밭이 곧 나의 성전이다.

텃밭에서 나는 '자연'이라는 '살아 있는 신'을 경험한다. 신을 경험하는 자에게 신은 틀림없이 실재한다. 그러나 신을 경험하지 못하는 자에게 신은 존재하지 않거나 불가지(不可知)의 대상이다. 하느님을 경험하는 자 곁에 하느님이 함께하며, 여호와는 여호와를 느끼는 이와 어깨를 겯는다. 다르마를 체감하는 사람의 영육에는 부처가 깃들인다.

신은 항상 우리 곁에 머물고자 한다. 그러나 우리는 신을 배반하고 있다. 생태계 훼손이 바로 신을 밀어내는 행위이다. 나의 텃밭 농사는 신을 돌보며 신께 감사하는 신성한 의식이다. 이때 신은 내 곁에 가장 가까이 머문다.

하느님, 여호와, 알라, 불교의 다르마(Dharma), 유교의 이(理), 도교의 도(道)……. 인류가 경험하는 그 모든 절대적 존재와 섭리는 우주와 자연이라는 무한(無限)과 영원(永遠)의 다른 표현일 수 있다. 종교 논쟁이나 종교 전쟁처럼 어리석고 소모적인 것도 없다. 타자의 신념을 존중하지 못하는 신념은 아집과 독선일 뿐이다. 다산 선생과 혜장 스님, 법정 스님과 이해인 수녀님의 아름다운 대화와 교류가 그립다.

▲ 고구마꽃

# 봄 텃밭 일지

노동의 즐거움과 생명의 향연

# 3월

## 봄은 삽질로부터

경칩(驚蟄)

춘분(春分)

# 농사의 즐거움과 소생하는 생명

바야흐로 3월은 삽질이 가능한 달이다. 나의 봄은 삽질과 함께 시작한다. 대개 우수와 경칩 사이에 삽날 끝을 이랑에 꽂고 삽날 위에 발을 올려 꾹 눌러본다. 삽날이 흙 속으로 쑤욱 들어가면 봄이 왔다는 증거이다. 꽝꽝 얼어붙었던 땅속까지 풀린 것이다. 날아갈 듯이 기쁘다. 이제 봄 텃밭 이야기가 시작된다.

농사를 좋아하는 사람들은 겨울 동안 좀이 쑤시고 지루하기 그지없다. 봄이 오기만을 손꼽아 기다린다. 농사 개시할 생각으로 2월부터 들뜬다. 겨울 동안 꾹꾹 눌러 두었던 경작 본능이 고개를 든다. 평생 농사를 지어오신 어머니께서는 날이 따스해지면 밭일하는 꿈을 꾸신다고 한다. 나도 간혹 그런 꿈을 꾼다. 농사의 즐거움을 아는 이들만의 꿈이다. 생각나는 시가 있다.

밭고랑 위에서

김소월

우리 두 사람은
키 높이 가득 자란 보리밭, 밭고랑 위에 앉았어라.
일을 마치고 쉬는 동안의 기쁨이여.
지금 두 사람의 이야기에는 꽃이 필 때.

오오 빛나는 태양은 내려 쪼이며
새 무리들도 즐거운 노래, 노래 불러라.
오오 은혜여, 살아 있는 몸에는 넘치는 은혜여,
모든 은근스러움이 우리의 맘속을 차지하여라.

세계의 끝은 어디?
자애(慈愛)의 하늘은 넓게도 덮였는데,
우리 두 사람은 일하며, 살아 있어서
하늘과 태양을 바라보아라 날마다 날마다도,
새라 새로운 환희를 지어내며, 늘 같은 땅 위에서.

다시 한번 활기 있게 웃고 나서, 우리 두 사람은
바람에 일리우는 보리밭 속으로
호미 들고 들어갔어라, 가지런히 가지런히,
걸어 나아가는 기쁨이여, 오오 생명의 향상(向上)이여!

김소월 시 중에서 크게 주목받지 못한 작품이다. 그러나 내가 가장 좋아하는 시이다.

어느 부부가 보리밭에서 김을 매다가 잠시 쉬는 동안의 기쁨이 형상화되어 있다. 키 높이 자란 보리밭, 빛나는 태양, 노래하는 새들로 이루어진 풍경 속에서 부부는 일을 하다가 잠시 쉬고 있다. 온 세상에 은혜가 충만하고, 부부는 샘솟는 기쁨과 넘치는 생명력을 느낀다.

나도 텃밭을 일구며 이 기쁨과 고양감을 맛본다. 말로는 다 표현할 수 없는 환희다. 몸이 지치는지도 모르고 저녁 늦게까지 손에서 농기구를 놓지 못한다.

땅 밑 얼음이 녹으면서 지표에 고여있던 물이 땅속으로 스며든다. 질척질척하던 흙이 고슬고슬해진다. 말랑말랑한 흙이 '어서 나를 일구어다오!'하고 재촉하는 것만 같다. 삽질이 가장 쉬울 때이므로 이때 많은 일을 해두어야 한 해 농사가 수월하다. 구역을 나누어 작물 별로 이랑 만드는 일을 서둘러야 한다. 잎채소는 3월 내로 심어야 하므로 잎채소 이랑이 1번, 그다음 열매채소, 고구마 등의 순서로 만든다. 퇴비를 적당히 섞어 건강한 토양이 되도록 신경 쓴다. 이랑 만들고 한두 주를 기다려 가스가 충분히 배출되면 작물을 심을 수 있다.

마사토라서 봄이 깊어가면서 날이 가물어지고 땅이 단단해지면 더 이상 삽질이 어려워진다. 춥지도 덥지도 않아 일하기 딱 좋은 날씨다. 1년치 노동량의 거의 절반 가까이를 삼사월에 이랑 만들고 모종 심는 데에 쏟아붓는다.

허리를 펴고 주위를 둘러본다. 낙원의 계절이다. 따사로운 햇살, 적당한 온도, 싱그러운 바람, 향긋한 풀냄새, 지저귀는 새들……. 마음 가득

▲ 매실

흥겨움이 일어 도무지 가만 앉아 있을 수 없다. 숲의 동물들도 마찬가지다. 다람쥐 가족이 분주하게 나무를 오르내린다. 양지바른 바위 위에 앉아 찍찍 높은 소리로 노래하는 녀석도 있다. 새들의 높고 맑은 노래가 숲을 가득 채운다. 이른 봄부터 온갖 새들이 짝을 찾아 목청 높여 혼인 노래를 부른다. 딱따구리의 드러밍도 경쾌해진다. 둥지를 짓느라 깃털이나 풀줄기 같은 재료를 분주하게 물어 나른다.

지난 가을부터 둥지를 짓던 까치 부부는 이제 출입구를 들락거린다. 오목눈이는 소나무 위에다 둥지 트느라 여념이 없다. 멧비둘기는 텃밭 근처 소나무에 허술한 둥지를 틀고 새끼를 친다. 곧이어 사오월에는 딱새가 농막이나 창고 부속물에 둥지를 틀고, 뱁새는 관목이나 풀숲에 둥지를 짓는다. 딱새와 뱁새 육추는 텃밭에서 매년 쉽게 볼 수 있다. 멧비둘기와 딱새는 2차, 심지어 3차까지도 번식하니 주의 깊게 살피면 어렵지 않게 관찰한다.

고개를 숙여보면 온갖 풀들이 여린 새싹을 밀어 올리고 있다. 삼월은 풀들의 시간이다. 땅바닥 곳곳에서 새싹이 솟아오른다. 겨우내 얼었다 녹았다 반복하면서 초록을 간신히 붙들고 있던 풀잎은 싱싱한 색으로 갈아 입는다. 쑥은 그야말로 쑥쑥 키를 키운다. 달래, 냉이, 씀바귀, 머위 따위의 나물들도 빼꼼 고개를 내민다. 찔레 줄기에서 새싹이 파릇하게 돋아났다. 유실수에서는 꽃이 피기 시작한다. 우리 밭에서는 피는 꽃은 황금빛 산수유가 일등이다. 뒤이어 매화가 꽃을 피운다. 산수유꽃은 피면 한 달 가까이 지지 않지만, 매화는 화무십일홍(花無十日紅)이다. 대신 매화는 백매, 홍매, 청매 등 몇 품종을 심었더니 시기를 조금씩 달리하여 피어서 꽃을 꽤 오래 보여준다.

삼월 중하순 서둘러 추위에 강한 저온성 채소를 심는다. 날씨만 도와준다면 저온성 채소는 일찍 심을수록 풍성한 수확을 준다. 3월 내에 심는 게 좋다. 면 소재지에 있는 모종 가게에서는 일기에 맞추어 적절한 시기에 모종을 내놓는다. 가게 주인에게 조언을 구하면서 모종을 구입한다. 배추, 무, 상추, 치커리, 비트, 양배추, 케일, 아욱, 근대 등 여러 가지 채소를 서너 주씩 심는다. 날씨만 받쳐준다면 두세 주 후면 채소를 수확할 수 있다. 운이 따른다면 4월 초부터도 채소를 자급할 수 있다. 계절 채소가 연이어 나오므로 이때부터 11월까지는 채소를 자급한다.

3월에서 4월에 걸쳐 달래, 냉이, 쑥, 눈개승마, 미나리, 취나물, 머위, 두릅, 개두릅이 앞다투어 순을 내민다. 텃밭 여기저기에서 캐달라고 따달라고 아우성이다. 풍요로운 시절이 시작된 것이다. 저절로 자라나는 나물들이 지천이라 채취만 잘해도 식탁이 풍족하다. 일거리가 많아 수확할 시간이 부족할 정도로 마음이 부산스럽다.

나는 봄의 낙원과 일체가 된다. 농경 의지가 충만해진다. 모든 일을 그만두고 밭에서 1년 365일 나물 캐고 흙을 일구며 살고 싶다. 이러한 낙원의 계절은 6월 중순까지 지속된다.

# 둥지 잃은 멧밭쥐

3월 햇살 아래에서 밭 만드는 일을 한다. 고춧대를 뽑아내고 비닐 멀칭을 걷는다. 겨우내 비닐의 보호 아래서 동면한 깨끗하고 보드라운 흙이 드러난다. 흙냄새가 훅 끼쳐온다. 허리를 숙이고 한 움큼 집어 만져본다. 가슴이 설렌다. 여기저기 작은 구멍이 뚫려있다. 구멍 틈으로 보드랍게 손질한 마른 풀잎과 줄기가 보인다. 놀란 멧밭쥐가 고개를 쏙 내민다. 다시 들어가 버린다. 멧밭쥐며 등줄쥐와 같은 앙증맞은 녀석들은 물론 커다랗고 징그러운 시궁쥐도 비닐 멀칭 아래의 이랑 속에 구멍을 뚫고 추운 겨울을 따뜻하게 보낸다. 시궁쥐는 예민하고 날렵해서 눈에 잘 띄지 않지만, 멧밭쥐나 등줄쥐 같은 작은 쥐들은 어리바리하다. 마치 잠에서 덜 깬 듯이 얼떨떨한 표정이다. 멀리 도망치지 않고 주위를 맴돈다. 마치 붙잡을 수 있으면 붙잡아 보라는 듯 약을 올리는 것도 같다.

바닥에 가축분 퇴비와 유박을 골고루 뿌린 다음 삽과 쇠스랑으로 흙을 일군다. 이때 쥐구멍이 무너져 내린다. 멧밭쥐가 어쩔 수 없이 뛰쳐나온다. 하지만 멀리 가지 않는다. 도망치는가 싶다가도 다시 돌아와 얼쩡거린다. 둥지에 대한 미련이 남아있는 것이다. 이제 날씨도 따뜻해졌으니 부엽토나 건초 더미 아래에 임시 둥지를 짓고 잠을 청하리라.

처음에는 등줄쥐와 멧밭쥐를 구분하지 못했다. 그러나 몇 년에 걸쳐 관찰하면서 이제는 쉽게 구분한다. 등줄쥐는 등에 검은 줄무늬가 있다. 그러나 멧밭쥐는 줄무늬가 없고 크기도 작다. 멧밭쥐가 훨씬 더 귀엽고 어리숙해 보인다. 등줄쥐는 전염병을 옮길 수 있다고 하니 경계하는 게 좋다.

▲ 멧밭쥐

# 배추흰나비는 누구의 혼령인가

따뜻한 해에는 삼월에 배추흰나비가 날아다닌다. 나비를 보면 기분이 좋고 설렌다. 어쩌면 저렇게 가볍고 아름다운 생명체가 있을까? 이 세상의 존재가 아닌 것만 같다. 그 때문에 나비는 종종 누군가의 혼령처럼 느껴진다.

어느 핸가 배추흰나비 한 마리가 집안으로 날아들었다. 발코니 청소를 하다가 방충망을 열어둔 탓이다. 나비는 실내를 훨훨 날아다니면서 거실이며 큰 방, 작은방, 주방을 살피듯이 기웃거렸다. 그걸 지켜보고 있노라니 묘한 기분에 휩싸이게 되었다.

오래전에 돌아가신 증조모님께서 증손주 사는 모양을 한 번 둘러보러 오신 걸까? 날 다독이며 길러주셨고, 미물도 하찮게 보아 넘기지 않으셨던 분이시니 그럴 법도 했다. 집안 구석구석을 둘러보더니 힘들었는지 나비는 식탁 모서리에 앉아 오랫동안 휴식을 취했다. 얼마 뒤에 다시 찾아보았지만 온데간데없었다. 나비는 대체 어디로 사라진 것일까?

며칠이 지난 후에 쌈을 싸 먹으려고 발코니의 케일 잎을 뜯었는데 바늘귀보다도 훨씬 작은 구멍들이 송송송 뚫려 있었다. 누군가 작은 바늘로 찔러 일부러 구멍을 낸 것만 같았다. 기괴했다. 이리저리 살펴보다가 무심결에 잎을 뒤집어 보았다. 놀랍게도 잎 뒷면에 파리똥만큼 작은 푸른 벌레들이 잔뜩 붙어 있는 게 아니겠는가. 배추흰나비가 어린 생명들을 내게 맡기고 간 것이다. 나는 그 애벌레를 며칠 키우다가 근처 초등학교 관찰용 배추밭에 풀어주었다. 아마 모두 나비가 되어 날아갔으리라.

보기에는 좋지만 나비는 농부의 적이다. 특히 배추흰나비는 배추나 케일과 같은 십자화과 채소 도둑이다. 방치하면 애벌레들이 잎맥만 그물처럼 남겨두고 모두 갉아 먹어버린다. 배추흰나비 때문에 배추나 케일을 노지에서 살충제 없이 기르는 것은 거의 불가능하다. 소량 재배하는 주말 농부라면 잎 뒷면을 샅샅이 뒤져서 알이나 애벌레를 찾아내 주기적으로 제거해주어야만 한다. 한 주라도 거르면 수확은 거의 포기해야 한다.

나는 비닐하우스 한 귀퉁이에다 심기 때문에 비교적 수월하게 케일을 길러 먹을 수 있다. 봄에는 나비가 들어오지 못하기 때문에 깨끗하고 맛있는 케일잎을 편하게 수확한다. 그러나 습한 장마철이나 뜨거운 팔월 하우스 문을 개방하고 방충망을 쳐두면 사달이 난다. 나비는 생각보다 집요하고 지능이 높다. 나비는 한때 애벌레였다는 사실을 잊지 않는다. 포복을 해서 땅과 방충망 사이를 기어서 잠입하거나 날개를 접고 방충망과 비닐 사이를 비집고서라도 반드시 침투하고야 만다. 이때부터는 알과 애벌레를 색출하고 제거하는 일에 손이 많이 간다. 시간 여유가 없을 때는 애벌레에게 양보한다. 두세 주가 지나면 케일 잎은 마치 그물처럼 잎맥만 남는다. 살점을 모두 뜯긴 짐승의 뼈다귀 같은 느낌이다.

# 고라니와 사이좋게 나누어 먹을 수 있을까

처음 주말 텃밭을 시작했을 때는 낭만적인 꿈이 있었다. 새와 고라니와 토끼와 사이좋게 나누어 먹는 자비로운 농사를 꿈꾸었다. 그러나 그 꿈은 산산조각이 났다. 이 비인간 동물들은 나누어 먹을 의향이 전혀 없었다. 직박구리와 물까치는 베리 나무 곁에 지키고 있다가 익는 족족 따먹어버린다. 맛있는 베리는 단 하나도 남겨주지 않는다. 고라니도 마찬가지이다. 어느 해에는 모종을 심자마자 다 뜯어먹어 버렸다. 또 어느 해 우리 가족이 좋아하는 양상추를 열 주 정도 심었는데 수확할 무렵이 되자 단 한 포기도 남김없이 다 뜯어먹어버린 녀석이 바로 고라니이다. 정말 허탈하고 분했다. 고라니가 드나드는 밭에서는 채소 농사를 포기해야만 한다.

고라니도 억센 야생초보다는 맛있고 부드러운 채소를 더 좋아한다. 그러니 호시탐탐 텃밭의 채소를 노린다. 내 텃밭에는 곳곳에 야생초 구역을 남겨두었다. 기온이 오르면 잡초와 나물이 우거져 숲을 이룬다. 주말에 밭에 오면 곳곳에서 고라니가 잠을 자다가 놀라 튀어 나갔다. 수풀을 뒤져보면 아늑한 잠자리가 드러났다. 주중에는 사람이 없으니 녀석들만 살판났다. 놀고 먹고 자면서 텃밭의 주인 노릇을 한 셈이다. 어느 여름에는 새끼 고라니 사체가 발견되기도 했다. 이미 많이 부패해 있어서 사인을 정확히 알 수 없었다. 텃밭은 고라니 생로병사의 현장이 되어갔다.

어쩔 수 없이 텃밭 둘레에 고라니 망을 둘러쳤다. 없는 것보다는 낫지만 고라니 망도 완벽하게 막아주지는 못한다. 고라니도 집요하고 영리하다. 망 아랫부분을 비집고 들어오거나 뛰어넘어서 들어온다. 간혹 이빨로 망을 뜯고 들어오는 녀석도 있다. 그래도 망이 없는 것보다는 침입 빈도가 낮아 제법 수확이 가능하다. 보다 확실하게 막고 싶다면 크레졸액을 추가로 설치하면 된다. 고라니뿐만 아니라 직박구리와 물까치, 멧돼지 등 거의 대부분의 조수(鳥獸)가 크레졸액의 악취를 매우 싫어한다. 망과 크레졸액을 모두 설치하면 고라니는 거의 들어오지 않는다. 악취를 참아가며 망까지 통과해야 하는 이중의 수고까지 감내하기는 싫은 모양이다.

▲ 직박구리

## 멧비둘기 장례식

2015년 3월 하순, 햇살 좋은 봄날. 2014년 5월 텃밭을 마련했으니 햇수로는 둘째이지만, 본격적으로 농사를 짓기로는 첫해이다. 나는 잔뜩 기대에 부풀어 봄날의 따스한 햇볕 속으로 나아갔다. 저온성 채소를 심을 계획이었다. 오는 길에 면 소재지 가게에서 모종을 구입했다. 이미 만들어 놓은 이랑에 모종을 꽂고 물만 주면 된다. 다만 도랑에서 물을 퍼 나르는 게 품이 많이 든다.

분주히 움직이고 있는데 큰부리까마귀 한 마리가 솔숲 위에서 요란하게 짖어댄다. 대수롭게 여기지 않고 잠시 고개를 들어 녀석을 보고 다시 허리를 숙여 모종을 심는다. 갑작스럽게 푸드덕푸드덕 심상치 않은 소리가 난다. 불길한 마음으로 다시 숲으로 시선을 돌린다. 나무 위에서 무언가가 떨어져 내린다. 제법 큰 몸집의 새 한 마리가 45도 정도로 사선을 그으며 땅바닥을 향해 떨어지고 있다. 곧이어 큰 솔방울 같은 물체가 수직으로 낙하한다.

뭔가 사건이 벌어졌음을 직감하고 나는 일손을 놓고 본능적으로 달려간다. 멧비둘기였다. 멧비둘기 성조 한 마리가 부상을 당했는지 파닥거리며 숲 바닥을 빠르게 달리더니 가속도를 얻어 날아오른다. 순식간에 나무 위로 날아올라 시야에서 사라진다.

함께 추락한 솔방울 같은 물체는 무엇이었을까. 소나무 밑을 살핀다. 새끼 멧비둘기다. 얼굴이 찢겼다. 피가 흐른다. 미세한 움직임이 있다. 치료할 수 있을까. 고개를 들어 둥지를 찾아본다. 소나무가 빽빽하게 들어서고 가지가 울창해서 눈에 띄지 않는다.

▲ 큰부리까마귀

새끼 비둘기를 조심스럽게 손바닥으로 감싸 밭으로 데려온다. 쓰다듬어봐도 움직임이 없다. 숨이 멎었다. 온기가 사라지고 몸이 단단해진다. 내 손바닥 위에서 한 생명이 순식간에 사그라들었다.

사체를 텃밭 한쪽 구석의 묘목 밑에 묻는다. 작은 육신은 생명을 얻은 지 며칠 만에 보다 더 큰 생명, 지구로 돌아갔다. 다시 또 다른 생명으로 부활할 것이다. 무덤 앞에 잠시 눈을 감고 명복을 빈다. 사체는 썩어 땅을 비옥하게 할 것이다. 작물들의 먹이가 되어 언젠가는 내 몸속으로 흘러들어왔다가 다시 빠져나갈 것이다. 자연 속의 우리는 모두 이렇게 한 몸이 되었다가 헤어지기를 반복하는 형제들이다. 숙연해진다.

다시 마음을 추스르고 모종을 심는다. 한두 시간 동안의 적막을 깨고 하늘에서 갑작스러운 괴성이 들린다. 큰부리까마귀이다. 녀석은 검고 커다란 날개를 펼치고 내 머리 위를 선회한다. 까악 까악 흉측한 울음소리가 섬뜩하다. 영락없는 저승사자이다. 데려간 새끼 비둘기 사체를 내놓으라 협박하는 것만 같다. 계속해서 나를 지켜보고 있었던 것일까. 소름이 돋는다.

멧비둘기는 대개 두 마리의 새끼를 기른다. 두 마리 중 한 마리를 물고 가서 먹어 치웠거나 어딘가에 감추어두고 나머지 한 마리를 찾기 위해 다시 온 것일까.

시간이 많이 지체되었다. 해지기 전에 일을 마치려면 서둘러야 한다. 나는 다시 일손을 잡기 시작했다. 큰부리까마귀는 한참 동안 맴금처럼 하늘을 선회하더니 제풀에 지쳤는지 숲으로 사라졌다. 솔숲에는 다시 고요와 평화가 찾아왔다.

얼마간이 지난 뒤에 솔숲에서 뭔가 부스럭거리는 소리가 들려왔다. 시선을 돌렸다. 살쾡이일까 했지만 낯선 들고양이였다. 녀석은 솔숲 아래를 천천히 걸어가더니 신기하게도 정확하게 아까 새끼 비둘기가 낙하한 지점에서 멈춰 선다. 놀랍게도 피 냄새를 짚어낸 것이다. 그렇다면 멀리서 피 냄새를 맡고 찾아왔단 말인가. 한참 킁킁거리며 먹이를 찾는 기색이다. 이윽고 나와 눈이 마주친다. 실망한 기색이다. 어쩌면 원망의 눈빛이다. 녀석이 몹시 수척해 보인다. 며칠을 굶었을까.

갑자기 미안한 마음이 밀려온다. 등을 돌려 천천히 숲으로 사라지는 들고양이의 뒷모습을 보며 나는 깊은 생각에 빠진다.

사체는 처음부터 내 것이 아니었다. 큰부리까마귀나 굶주린 고양이의 몫이었던 것이다. 그 고양이는 어쩌면 오늘 밤을 넘기지 못하고 목숨이 끊어질지도 모른다. 사체를 먹었더라면 기력을 회복하여 야생의 일원으로 활기를 되찾았을 것이다. 큰부리까마귀도 생존이나 번식을 위해 영양 섭취가 꼭 필요했을 것이다. 먹고 먹히는 관계는 지극히 자연스러운 사슬이다. 어리석게도 내가 생태계의 질서를 교란했다. 멀리서 지켜보는 게 옳았다.

# 4월

## 산에 들에 축제가

청명(淸明)

곡우(穀雨)

# 꽃 대궐 꽃 잔치

마음이 싱숭생숭해진다. 사월은 꽃의 계절이다. 거리와 산과 들에 벚꽃, 목련, 진달래꽃, 살구꽃, 앵두꽃, 배꽃, 사과꽃, 복사꽃……. 꽃의 향연이다.

어떤 날은 꽃그늘 아래를 걷다가 눈물을 흘린 적도 있다. 좋지 않은 일로 마음이 다쳐 있을 때였을 것이다. 마음은 슬픔이 가득한데 세상은 아름다움으로 충만하다. 너무 기쁜 일이 있어 눈물이 날 때처럼, 꽃의 미에 취해 알 수 없는 눈물을 흘려보기도 했다. 이런 게 "찬란한 슬픔의 봄"이다. 물론 이런 눈물을 들켜선 곤란하다.

그야말로 꽃 대궐이다. 바람이 향긋할 뿐만 아니라 꿀맛이 난다. 매 순간이 꽃 대궐 속 꽃 잔치이다. 꽃만이 아니다. 3월엔 땅에서 쑥쑥 돋아나는 풀의 새싹이 감동을 줬다면, 4월엔 검은 나뭇가지에서 팡팡 터지는 새순이 장관이다. 연두의 시절이 찾아온 것이다. 비가 내릴 때마다 연두가 한층 두터워진다. 거무튀튀했던 떨기나무숲이 순식간에 연두로 변해버린다. 연두는 빠르게 초록으로 바뀐다. 눈을 뜰 때마다 더욱 진한 연두와 초록의 세상이다. 마법 같은 나날이 펼쳐진다.

곡우 전후로 비가 내리면 꽃 잔치는 끝난다. 논마다 둠벙마다 농수로마다 하얗거나 분홍인 꽃잎이 가득하다. 길바닥도 꽃잎으로 뒤덮여 있다. 일장춘몽(一場春夢)을 실감한다. 꽃 진 자리에 푸른 잎이 무성하다. 곡우엔 온 세상이 연두와 초록 바다로 뒤바뀐다. 그렇게 신록의 계절로 접어든다.

▲ 산수유

밤공기가 포근한 날에는 어두컴컴해질 때까지 들녘을 걷는다. 해가 지면 무논에서 청개구리의 교향악이 우렁차다. 수백 마리가 모여든 것 같다. 저렇게 많은 청개구리가 이 골짜기에 살고 있었다니 믿기지 않는다. 저 많은 청개구리가 추운 겨울을 어디에서 어떻게 보낸 것일까. 홍겹게 짖어대다가 사람이 다가가면 일시에 멈춰버리는 모양도 재미있다. 향기로운 봄밤 혼자 논두렁에 앉아 청개구리의 교향악을 청해 듣는 일은 제법 운치 있다. 낮에 무논의 옆의 도랑을 들여다보면 우렁, 올챙이와 같은 수생 생물들이 활발하게 움직인다. 이것들도 농부를 도울 것이다. 벼농사는 농부 혼자 짓는 게 아니다. 여러 생물들과의 협업이 벼농사이다.

▲ 왜가리

4월 초 논에 물을 대기 시작하면서 농지의 풍경이 바뀐다. 겨우내 맹주 노릇을 하던 맹금은 자취를 감추고, 왜가리, 백로가 논을 차지한다. 맹금이 매복하던 전신주 꼭대기에서 중대백로와 왜가리가 위용을 자랑한다.

트랙터가 돌아다니며 써레질을 한다. 백로들의 잔칫날이다. 트랙터가 논바닥을 밀고 가면 숨어있던 미꾸라지, 개구리, 수생 곤충 등이 떠오른다. 백로들이 트랙터 뒤를 따라다니다가 그것들을 건져 올려 꾸울꺽 삼킨다. 이때부터 논의 주인은 물새들이다. 물까치들도 몰려들어 수생 생물들을 건져 먹는다.

4월 하순부터는 고추, 가지, 토마토, 호박, 수박, 참외 등의 열매채소와 고구마 모종을 심을 수 있다. 그러나 일기 예보를 잘 보고 서리로부터 안

전해질 때 심어야 한다. 열매채소나 고구마는 5월 초 입하 이후에 심는 게 유리하다. 저온에 취약하기 때문에 4월 하순에 심어 살아 남아도 입하 이후에 심는 것보다 성장 속도가 느린 경우가 많다. 날씨가 5월 못지않게 따뜻하다면 왕성하게 성장하기도 하지만, 저온 우려가 있는 중부에서는 입하 이후에 심는 게 좋다. 그렇지만 입하 무렵이 어린이날이고 5월은 가정의 달 아닌가. 5월에 들어서면 이런저런 일로 주말 하루 밭에 오가기가 쉽지 않다. 때문에 나는 4월 말까지 열매채소와 고구마를 정식해버린다. 그러면 5월을 홀가분하게 가족과 함께 할 수 있다. 지속 가능한 텃밭 농사를 위해서는 집착을 버려야만 한다. 저온 피해를 조금 입어도 우리 가족 먹고도 남을 만큼 충분한 수확이 가능하다. 조금 덜 먹으면 또 어떤가.

▲ 둥지 재료를 모으는 제비

# 삼짇날 제비 돌아오다

제비가 왔다. 씽씽 신나게 날아다닌다. 고향에 돌아온 기쁨, 봄을 맞이하는 환희가 느껴진다. 제비는 비행의 고수이다. 빠른 속도가 보는 이의 마음을 시원하게 한다. 보고 있으면 흥겨워지기까지 한다. 급상승, 급강하, 급선회, 고공비행, 저공비행……. 현란한 비행술을 자랑한다. 날기 위해 최적화된 몸을 가지고 있다. 먹이도 공중에서 재빠르게 낚아챈다. 다리가 짧아 지상에서의 활동은 어렵다. 거의 땅에 내려오지 않지만, 둥지 재료를 얻기 위해 무논 바닥에 내려앉는 모습을 종종 볼 수 있다. 날아다니다가 이따금 전깃줄 위에 내려앉아 왁자지껄 지저귄다. 약삭빠른 녀석들은 작년의 둥지를 차지하여 보수하느라 분주하다. 기회를 놓친 녀석들은 새 둥지를 지으려고 진흙을 물어 나르느라 여념이 없다. 고향에 돌아오자마자 번식 준비에 바쁘다.

9월 9일에 강남 갔던 제비가 3월 3일에 돌아온다는 옛말이 있다. 물론 음력이다. 양력으로 삼짇날은 4월 초 청명 무렵, 9월 9일은 시월 초 한로 무렵이다. 이 시기를 전후로 철새들의 이동이 활발하다. 3월 하순에서 4월 상순 사이에 제비가 돌아온다. 땅에는 제비꽃이 피었다. 제비꽃이 피

▲ 제비꽃

었으니 제비가 돌아오는 것인가. 제비가 돌아오니 제비꽃이 핀 것일까. 청명절 무렵이다. 들판에 나가 파릇한 풀을 밟으며 흐드러지게 피어난 꽃을 구경하기 좋은 때라 답청절이라고 한다. 진달래가 피는 시기라서 화전을 부쳐 먹는 풍습이 있다.

제비만 돌아오는 것은 아니다. 꽃 대궐 소문을 듣고 여름새와 나그네 새들이 들녘의 무대에 등장한다. 청명은 한로와 대칭을 이룬다. 시월 한로 무렵 다시 여름새는 떠나고 봄에 지나갔던 나그네새와 겨울새가 나타난다. 진달래와 제비꽃이 피는 시기 낮에는 숲속에서 여름새인 되지빠귀, 흰배지빠귀의 청아한 노랫소리가 들려온다. 텃새인 청딱따구리는 청명 무렵부터 '아하하하'하고 경쾌한 웃음 같은 소리를 질러댄다. 곡우 무렵이 되면 장끼가 높은 곳에 올라 세상을 호령하듯 우렁차게 짖으며 푸드덕 홰를 친다. 잠 못 이루는 봄밤 소쩍새와 호랑지빠귀의 울음소리로 봄이 깊어간다. 밤낮으로 새소리에 귀가 호사를 누린다.

# 두견화는 소쩍새꽃이라오
## - 소쩍새의 비밀

진달래꽃은 처연하다. 바람이 불면 찢어질 듯 위태롭게 얇은 꽃잎, 간신히 붉은 빛깔. 누군가 울고 있는 것만 같다.

춘분에서 청명 사이 진달래 우련 붉은 꽃이 피면 밤새들이 애달프게 울어댄다. 첫 손님이 소쩍새다. '소쩍 소쩍' 두 음절이나, '소쩍다 소쩍다' 세 음절로 슬픔을 뱉어낸다. 밤새도록 울어대는데 저러다가 피라도 토하고 죽을 것처럼 절절하다. 옛사람들은 소쩍새가 밤새 울며 토해낸 피가 진달래꽃을 붉게 물들인다는 이야기를 지어냈다. 그리하여 진달래에 붙여준 이름이 두견화이다. 소쩍새꽃이라는 것이다. 울음소리가 워낙 애틋한 탓에 망제의 전설 같은 슬픈 이야기가 소쩍새에게는 많이 붙어 있다.

작가나 문학 연구가들이 자주 헷갈리는 새가 소쩍새이다. 흔히 문학의 영역에서 소쩍새는 두견새와 혼동된다. 그것은 옛사람들이 소쩍새를 두견, 자규, 불여귀, 두우 등으로 불렀기 때문이다. 그러나 오늘날의 조류 분류학에 따르면 소쩍새와 두견새는 전혀 다른 새이다. 두견새는 두견과의 주행성 조류이고, 소쩍새는 올빼미과의 야행성이다. 두견화의 두견은 두견새가 아니라 소쩍새인 것이다.

두견새의 울음은 소쩍새의 것처럼 처연하지 않다. 두견과 새들의 소리는 대체로 경쾌하거나 다소 유머러스하다. 예외적인 경우도 있지만 대체로 주행성이라 밤에 듣기는 어렵다. 누구나 잘 아는 뻐꾸기 소리는 '뻐꾹 뻐꾹' 두 음절이다. 두견새는 다섯 음절이나 여섯 음절로 우는데 굳이 흉내를 내자면 '밥상 사세요 밥상 사세요'와 같은 다섯 음절 또는 '밥상 사시구려 밥상 사시구려'의 여섯 음절로 옮겨 볼 수도 있다. 친척인 검은등뻐꾸기는 네 음절로 운다. 세간에서는 '밥상 사려 밥상 사려' 또는 '어쩔씨구 어쩔씨구', '홀딱벗고 홀딱벗고' 등으로 옮긴다. 벙어리뻐꾸기는 조용조용 낮은 음으로 '보보 보보'하는 소리를 낸다. 듣는 사람 마음에 따라 여러 가지 소리로 표현된다. 아무튼 두견과 새들은 주로 낮에 울고 그 소리도 그다지 애절하지는 않다.

소쩍새, 검은등뻐꾸기, 두견새의 울음 사이에는 뿌리 깊은 혼선이 자리한다. 명백하게 다른 소리인데 주의를 기울이지 않으면 비슷하게도 들린다. 같은 새가 밤낮을 달리하거나 톤을 달리하여 노래하는 것처럼 들릴 수 있다. 전문가나 애조인은 쉽게 구분하지만 일반인들은 착각하는 경우가 많다.

사실 텔레비전이나 인터넷이 없다면 일반인이 소쩍새를 직접 보기는 어렵다. 조류학자를 꿈꾸던 어린 시절 나는 제법 많은 새를 관찰했지만 소쩍새는 쉽게 보지 못했다. 한밤중에 먼 숲에서 우는데 찾아볼 재간이 없었다. 내 상상 속의 소쩍새는 두견과의 새 모습이었다. 나중에 도감에서 보고 올빼미과 새라는 사실을 알고 충격을 받았던 생각이 난다. 옛사람들이 소쩍새를 직접 볼 기회는 드물었을 것이다. 아마도 두견과의 새가 밤에 우는 소리거니 생각했을 가능성이 높다.

오늘날에도 전문가나 대단한 애조인이 아니면 외모가 비슷한 뻐꾸기, 검은등뻐꾸기, 벙어리뻐꾸기, 두견이를 잘 구분하지 못한다. 나도 마찬가지다. 하물며 정보가 극히 제한적인 상황에서 옛사람들이 여러 종의 새를 섬세하게 구분하는 일은 불가능했으리라. 혼선이 없다면 그게 더 이상할 듯도 하다.

텃밭에 꽃들이 앞다퉈 피어난다. 벚꽃, 배꽃, 사과꽃, 복숭아꽃, 그야말로 꽃대궐이다. 이런 날은 집으로 돌아갈 생각도 못하고 하염없이 텃밭을, 농로를, 들녘을, 산기슭을 배회한다.

> 이화(梨花)에 월백(月白)하고 은한(銀漢)이 삼경(三更)인제
> 일지춘심(一枝春心)을 자규(子規)야 알랴마는
> 다정(多情)도 병인양하여 잠 못 들어 하노라
>
> – 이조년, 「다정가(多情哥)」

꽃향기 가득한 봄밤이면 어김없이 떠오르는 시조이다. 감수성이 예민한 사람이라면 누구나 공감하게 되는 봄밤의 애상이 잔잔하게 흐른다. 여기에서 "자규"가 바로 소쩍새이다. 하얀 배꽃이 만발한 봄밤, 소쩍새가 애절하게 울고 있다. 어찌 쉬 잠자리에 들겠는가. 나는 어찌하지 못하고 밭두렁에 멍하니 앉아 새소리에 취할 수밖에……. 「다정가」를 읽던 문학소년 시절 시골집에서 소쩍새 소리를 들으면 잠 못 이루던 밤이 생각난다.

# 호랑지빠귀의 울음
# -내 넋을 잡아끌어 헤내는 부르는

무덤

김소월

그 누가 나를 헤내는 부르는 소리
불그스름한 언덕, 여기저기
돌무더기도 움직이며, 달빛에,
소리만 남은 노래 서리워 엉겨라,
옛 조상들의 기록을 묻어둔 그곳!
나는 두루 찾노라, 그곳에서,
형적 없는 노래 흘러 퍼져,
그림자 가득한 언덕으로 여기저기,
그 누구가 나를 헤내는 부르는 소리
부르는 소리, 부르는 소리,
내 넋을 잡아끌어 헤내는 부르는 소리

▲ 진달래꽃

진달래 필 무렵 소쩍새만큼 애절한 울음소리가 들린다. 바로 호랑지빠귀의 세레나데이다. 소쩍새 울음이 심장을 파고드는 날카로운 칼날이라면, 호랑지빠귀 울음은 영혼을 관통하는 소리의 송곳이다. 소쩍새 울음을 못 들어본 사람은 드물다. 반면, 호랑지빠귀 울음을 들어본 사람은 많지 않다. 뿐만 아니라 본 사람도 드물다. 호랑지빠귀는 비교적 일찍 온다. 3월 하순부터 먼 숲속에서 가느다랗고 긴 휘파람 소리가 들려온다. '휘이이 호이이' 암수가 주고받는 울음이 예사롭지 않다. 흡사 귀신이 혼을 꼬이는 소리가 있다면 저런 것이 아닐까 생각된다. 그리하여 민간에서는 '귀신새'이니 '저승새'이니 '혼새'이니 하는 별명을 붙여놓았다.

잠 못 이루는 봄밤 호랑지빠귀 소리를 듣고 있노라면 김소월의 시 「무덤」이 떠오른다. 시의 화자는 달빛이 은근하게 감도는 어두운 밤에 무덤 주위를 산책한다. 그리고 "내 넋을 잡아끌어 헤내는 부르는 소리"를 듣는다. 여기서 "헤내는"은 '헤쳐내는' 정도로 해석할 수 있다. 시적 화자는 무덤가에서 '넋을 잡아끌어 헤쳐내는 부르는 소리'를 듣고 있다. 호랑지빠귀의 울음이 딱 그 느낌이다. 김소월도 호랑지빠귀 소리를 듣고서 이 시를 쓰지는 않았을까?

# 몽유도화의 탄생

내 텃밭에는 전주인이 가꾸던 두 그루의 복숭아나무가 있었다. 하지만 나는 관리하는 법을 몰랐다. 다행이 옆집에서 십여 그루의 복숭아 농사를 짓고 있었다. 그 모양을 보고 열매를 솎아내고 노랑 봉지를 씌워주었다.

"복숭아나무는 농약을 치지 않으면 수확이 어려워요"

"복숭아 따 먹고 싶으면 이월부터 시작해서 일년 내내 농약을 해야 해. 농약 안 하면 제일 먹을 게 없는 과일이 복숭아여"

"약 안 치면 봉지 씌워도 아무 소용 없어"

지나는 사람들이 모두 한 마디씩 거들었다. 그러나 나는 제초제나 살충제는 전혀 살포하지 않을 작정이었다. 열매를 수확하지 못하면 어떤가. 꽃의 왕, 낙원의 꽃, 복사꽃만 봐도 그만이지. 내가 제일 좋아하는 꽃이 복사꽃이니 꽃나무로 기르면 되지 뭐가 아쉬운가?

그래도 혹시나 하는 심정으로 봉지까지는 씌워 주었던 것이다.

8월 말쯤 혹시나 하는 마음으로 봉지를 열고 안을 들여다보았다. 과피에 황금빛이 감돌았다. 봉지 사이를 비집고 코를 들이밀어 킁킁 냄새도 맡아보았다. 달콤한 냄새가 연하게 흘러나왔다. 나는 과감하게 하나를 뚝 땄다. 옷에다가 쓱쓱 문질러 한 입 베어 물었다.

이야~나도 모르게 탄성이 흘러나왔다. 이건 세상에서 가장 맛있는 복숭아다. 과즙과 풍미가 충만한 응축된 단맛이다. 최고의 황도였다. 전설의 천도복숭아가 바로 이런 맛이 아니었을까.

놀랍게도 나는 그해 8월 말에서 9월 초에 걸쳐 엄청난 양의 복숭아를 수확했다. 그루 당 30개 정도, 총 예순 개 가량의 황도를 수확한 것이다. 이듬해도 그 정도, 그 다음 해는 벌레가 먹어 총 마흔 개 정도를 수확했다.

농약은 전혀 하지 않고, 거름도 거의 주지 않았는데. 기대도 하지 않았는데 정말 기특한 나무였다. 큰 빚을 진 기분이었다. 나도 뭔가를 해주고 싶었다. 나는 내가 제조한 특별한 영양제를 주기로 했다. 나름 연구해서 만든 유기질 비료였다. 소변을 모으고 거기에 여러 가지 유기물을 넣어 만든 액비였다.

꽃이 흐드러지게 핀 봄날 녀석에서 선물로 자작 액비를 잔뜩 뿌려주었다. 살짝 의심도 들었기에 한 그루는 그대로 두고 한 그루에만 선물을 주었다. 결과는 일주일만에 드러났다. 자작 유기질 액비를 뿌려준 나무가 순식간에 고사해버린 것이다. 손쓸 여유도 없었다. 비료의 농도가 너무 진해 삼투압 현상으로 인해 나무가 말라 죽었다. 역시 과유불급이다.

엎친 데 덮친 격으로 살아남은 한 그루에 달렸던 열매들은 제법 알이 굵어지더니 대부분 떨어져 버렸다. 벌레가 먹어 안에서부터 썩어가다가 떨어진 것이었다.

그렇다. 나의 복숭아나무가 3년 동안 무농약 무퇴비로 버틸 수 있었던 것은 이전 주인이 농약을 하고 거름을 했던 효과가 지속된 덕이다. 이제 그 약효가 다한 것이다.

▲ 몽유도화

살아남은 나무는 울타리에 자리하고 있었다. 썩은 열매들이 길바닥으로 떨어져 내리자 옆집에서 말이 많았다. 살충제를 뿌리지 않으려면 나무를 베어버리라는 것이다. 매년 이렇게 열매가 떨어져 길을 더럽힐 것이라고 투덜거렸다. 혹시 모르니 이듬해까지는 지켜보기로 했다. 정말로 열매가 하나도 빠짐없이 썩어서 떨어졌다.

고민에 고민을 거듭한 끝에 나무를 베어내고 농장 안쪽에 한 그루를 다시 심었다. 제법 큰 묘목을 심었더니 바로 다음 해부터 복사꽃이 흐드러지게 피어났다. 그야말로 몽환적인 꽃이었다. 나무 한 그루가 텃밭을 몽유도원으로 만들어버렸다. 어찌나 황홀하던지 즉석에서 이름을 붙였다.

몽유도화!

그게 내 새 복숭아나무의 이름이었다. 이 나무는 열매가 아닌 순전히 꽃을 위한 나무였다. 해마다 사월이면 나의 몽유도화는 몽환적인 복사꽃을 흐드러지게 피워낸다.

# 끙게의 추억 - 우리 집 소 이야기

트랙터가 써레질하는 모습을 보면 떠오르는 일이 있다. 예전에는 소가 써레를 끌었다. 써레질은 보통 무논에서 한다. 그런데 마른 논이나 밭에서 하는 써레질도 있다. 이때 사용되는 도구가 '끙게'이다. 우리 동네에서는 끙게와 써레를 구분하지 않고 다 같이 써레라 했다. 끙게는 사각형의 썰매 같은 나무틀 아래에 여러 개의 발이 달려있다. 마른 논을 쟁기로 한 번 거칠게 갈고, 끙게로 곱게 갈았다. 당연히 끙게도 소가 끌었다. 끙게 위에는 보통 무거운 돌을 올려 땅이 깊게 갈리도록 했다. 물을 대면 다시 써레질을 했다. 써레질을 쉽게 하기 위해 고안한 방법이다.

둘째 형까지 초등학교에 들어가고 동생은 아직 태어나지 않았을 때이다. 심심해진 어느 봄날 나는 들판으로 나갔다. 어머니는 산나물 캐러 가셨는지 보이지 않고 마을 앞 논에서 아버지가 끙게질을 하고 계셨다. 끙게가 들리지 않도록 위에는 커다란 바위 하나가 얹혀 있었다. 나는 논두렁에 쪼그려 앉아 물끄러미 그 모습을 지켜보았다. 아버지가 나를 발견하시고는 씨익 웃으시더니 논 가장자리에 이르러서 소를 멈춰 세우셨다. 아버지는 바위를 내려 놓으시고 나를 번쩍 안아 올려 그 자리에 앉히셨다. 이랴! 아버지가 신호를 주자 끙게가 다시 움직이기 시작했다. 지금으로 치자면 놀이기구를 타는 것이나 다름없이 신나는 일이었다. 한 고랑쯤 갈고 나서 아버지는 소를 멈추셨다.

"안 되겠다. 너무 가벼워서 떠버리는구나. 내년에나 탈 수 있겠다."

그렇게 말씀하시고는 다시 나를 안아서 논두렁에 내려주셨다. 그러고는 다시 바위를 앉히셨다.

"바위를 안고 있을게요"

간청했지만 바위가 흔들려서 위험하다며 말리셨다.

그런 우리의 모습을 소가 흐뭇하게 바라보는 듯했다.

아쉬움과 서운함이 컸다. 그날 밤 끙게를 타고 온 논바닥을 누비는 꿈도 꿨다. 내년에는 틀림없이 끙게를 타고 온 논바닥을 달려보리라. 그러나 이듬해 초등학교에 입학했고 그 후로 끙게를 탈 기회가 없었다. 해마다 4월 써레 철이 돌아오면 그 기억이 되살아난다.

그 소가 생각난다.

나는 황소자리 소띠이다. 1973년 5월 어느 날 아침에 태어났다. 선친께서는 과묵하셨지만 어머니께서는 다정다감하시고 말씀이 많으셨다. 어머니는 일찍부터 내 운명을 정해주셨다.

"너는 소띠 해에 소가 일하러 나갈 시간에 태어났으니 고생을 많이 할 것이다. 고생한 만큼 대접을 받을 것이다. 농촌에서 소만큼 중한 짐승도 없느니라. 소처럼 근면 성실하거라."

돌이켜보면 나는 그런대로 근면 성실하게 살아온 듯하다. 그만큼 대우를 받았는지는 잘 모르겠다.

내가 태어났을 때 우리 집에는 증조부모님, 조부모님, 그리고 아직 분가하기 전의 삼촌들, 그리고 두 형이 함께 살고 있었다. 어머니께서 시집오실 때는 고조모님께서도 살아계셨다고 하니 대가족 중의 대가족이 아닐 수 없다. 종가 맏며느리인 어머니의 노고는 이루 표현할 길이 없다.

우리 집은 본채와 사랑채로 구성되어 있었다. 본채 큰방은 증조할머니, 가운데 방은 조부모님, 갓방은 부모님이 쓰셨다. 큰형은 큰방에서 증조할머니와, 작은형은 가운데 방에서 조부모님과, 나는 갓방에서 부모님과 함께 잤다. 그러나 잠자리가 꼭 그렇게 정해진 것은 아니고 그때그때 달라지기도 했다. 사랑채에는 큰방 하나와 작은방 두 개가 있었다. 큰방은 증조부께서 쓰셨으며 작은방 두 개는 삼촌들이 쓰시다가 분가해나가셨다.

사랑채 중에서 제일 신비스러운 방이 증조할아버지의 방이었다. 그 방 안은 옛날이었다. 벽에는 갓이 보관된 갓집과 한복이 걸려있고 책상 위에는 한적이 쌓여있었다. 잊을 수 없는 것은 오묘한 향기였다. 오래되고 친근하고 구수하고 깊은 냄새가 은근하게 퍼져있었다. 내가 여섯 살 때 돌아가셨으니 기억이 많지는 않다.

방 한구석에는 옹기 하나가 놓여 있었는데, 그 안에는 달콤하게 발효된 고욤이 있었다. 증조할아버지의 간식이었다. 내가 놀러가면 한 숟갈씩 떠먹여 주셨다. 깊고 달콤한 맛이었다. 증조할아버지의 방은 외양간과 벽 하나를 사이에 두고 붙어있었다. 외양간 한쪽에는 쇠죽을 끓이는 가마솥 아궁이가 있었다. 쇠죽을 끓여 소에게 따끈하게 먹이곤 했다.

증조부님 방과 외양간 사이에는 샛문이 있었다. 보통 문 절반 정도의 작은 문으로 어른들은 허리를 구부려야 드나들 수 있었다. 내가 증조할아버지의 방에 들어갈 때는 주로 그 문을 이용했기 때문에 외양간을 지나야 했다. 외양간에는 마른 지푸라기가 깔려있어서 아늑해 보였고 푸근한 향기가 났다.

물론 그 소는 암소였다. 한 해도 거르지 않고 송아지를 낳아주었다. 송아지는 태어난 지 몇 시간 만에 걷기 시작하고 며칠 지나면 팔짝팔짝 뛰어다닌다. 쑥쑥 커가는 속도에 비례해서 행동반경도 넓어져 간다. 사랑채 마당에서 안마당으로, 안마당에서 뒤안으로 장독대로 뒷산으로 뛰어다닌다. 점점 야생마가 되어간다. 장난이 심한 녀석은 장독을 깨뜨리기도 한다. 새로운 주인을 만날 때가 된 것이다.

비록 덩치는 커다랗지만 송아지도 강아지 못지않게 귀엽고 사람을 잘 따른다. 금방 정이 들어버린다. 송아지를 팔아야할 때가 다가오면 어른들의 표정이 어두워진다. 자식과 어미의 생이별은 사람이나 짐승이나 눈 뜨고 보기 어렵다. 송아지를 떠나보내고 나면 어미 소는 며칠 동안 잘 먹지도 않고 애타게 새끼를 부르며 운다. 그 소리는 어린 나의 가슴 속까지 날카롭게 파고들었다.

30년 가까운 세월을 우리 집에서 살았다는 그 소는 내가 초등학교 저학년일 때 팔려갔다. 노쇠한 기미가 보이자 어른들이 그렇게 결정한 것이다. 그 결정이 있은 뒤 며칠 동안 우리 집은 소 이야기로 술렁거렸다. 처음 왔을 때는 어땠었고, 머슴들이 쟁기질할 때 어떤 일이 있었고, 아버지가 처음 써레질을 할 때 무슨 일이 있었다는 둥 가족이 한둘만 모여도 소 이야기였다. 할머니들과 어머니는 눈시울을 붉히기도 하셨다.

소는 어느 새벽 일찍 트럭에 실려 나갔다. 나는 어린 애라 늦잠을 자느라 보지 못했지만 형들이 보았는데 소가 눈물을 뚝뚝 흘리면서도 점잖게 트럭에 올라타더라는 것이었다.

오랫동안 동안 우리 가족으로 살아준 고마운 소였다.

# 5월

## 텃밭이 가득 차올라서

입하(立夏)

소만(小滿)

# 뻐꾸기가 물고 온 선물 같은

5월부터는 더 이상 저온 피해를 우려하지 않아도 된다. 이제 눈이나 서리가 내리는 일이 거의 없다. 드물기는 하지만 4월 하순까지는 항상 느닷없는 폭설이나 서리, 저온 피해를 각오해야 한다. 입하(立夏) 무렵부터는 여름의 정취가 느껴진다. 신록의 철을 지나 녹음이 짙어가는 시

▲ 노래하는 뻐꾸기

기이다. 멀리 아프리카로부터 날아온 뻐꾸기가 뻐꾹 뻐꾹 노래를 부르며 성급하게 여름을 선포한다. 텃밭의 장미라 할 수 있는 찔레꽃이 환하게 피어난다. 어떠한 향수보다도 아름다운 향기가 텃밭에 진동한다. 풀밭을 걷다 보면 막 알에서 깨어난 자잘한 메뚜기 새끼들이 수십 마리씩 몰려있다. 나뭇가지에는 거품 알집에서 갓 부화한 수십 마리의 새끼 사마귀들이 야생의 세계를 향해 첫걸음을 뗀다. 생명의 잔칫날이다.

5월, 계절의 여왕답게 텃밭도 낙원의 정점을 향해 달려간다. 텃밭은 물론 주위의 숲과 들녘도 아름답기 그지없다. 마음이 싱숭생숭해서 한번 밭에 오면 집에 돌아가기가 싫다. 저녁 늦게까지 텃밭에 남아 청개구리 울음소리와 새들의 세레나데를 듣는 일이 잦다. 그러나 아직 오월까지는 일교차가 심해 밤에 많이 춥다. 오들오들 몸이 떨릴 때도 많다. 산지는 더 심해서 밤에는 겨울처럼 따뜻하게 챙겨 입는다.

5월 1일이 되면 '허니베리'라는 이름으로도 알려진 댕댕이나무 가지를 뒤져본다. 운이 좋으면 검게 익은 열매를 수확할 수 있다. 댕댕이나무 열매는 대체로 5월 초부터 익는다. '허니베리'라는 이름 때문에 열매가 달콤할 것 같지만 실상은 전혀 다르다. 산수유 열매처럼 쌉싸름한 맛이 난다. 산미가 제법 있는 편이고 단맛도 약간 섞여 있다. 달콤하지는 않지만 춘궁기의 별미로 먹을 만하다. 한 마디로 평가하자면 '건강에는 좋을 것 같은 맛'이다.

5월 하순에는 소만(小滿)이라는 절기가 있다. '작은 충만'이란 뜻이다. 이 무렵 주변을 둘러보면 숲은 녹음이 우거져가고 풀밭의 풀들이 새파랗게 자라나 있다. 온갖 베리들이 붉게 그리고 검게 익기 시작한다.

5월은 베리의 계절이다. 5월 중하순부터 노지 딸기를 시작으로 산딸기, 오디와 보리수 열매를 수확할 수 있다. 소만이라는 말이 무색하지 않게 풍성한 수확을 누리는 시기이다. 베리들은 생명력이 강해서 한 번 심어 놓으면 별로 힘들이지 않고 풍성한 열매를 거둘 수 있다. 베리들은 주로 오월과 유월에 집중적으로 익는다. 나는 여러 가지 베리들을 골고루 심어보았다. 우리 가족의 합의한 선호도는 다음과 같다.

1.왕산딸기(raspberry) 2.오디(Mulberry) 3.준베리(Junberry) 4.블루베리(blueberry) 5.노지 딸기(strawberry) 6.보리수(silberberry) 7.복분자(black raspberry) 8.구스베리(gooseberry) 9.허니베리(honeyberry) 10.아로니아(chokeberry) 11.블랙베리(blackberry) 12.블랙커런트(blackcurrant) 13.블랙엘더베리(blackelderberry)

우리 가족은 생과의 맛을 중심으로 순위를 정했다. 가공해서 먹는 경

▲ 수확한 베리와 간식

우나 맛이 아니라 건강을 위해서 먹는 경우는 우선 순위가 달라질 수 있으니 용도에 따라 적합한 작물을 선택하길 바란다. 생육환경, 작물의 특성 등 다양한 요소를 고려하여 식재하는 게 좋다. 물론 땅이 넓다면 조금씩 골고루 심어서 다양한 경험을 해보는 것도 나쁘지는 않다.

5월 하순부터는 풋고추, 방울토마토, 오이 등의 열매채소 수확이 시작된다. 잎채소류는 두꺼워지거나 꽃대가 올라오기 시작하면서 점차 맛을 잃어간다. 성마르게 덜 자란 열매채소를 수확하기도 한다. 햇 열매채소는 풋내가 섞여 있긴 하지만 부드러워서 살살 녹는다. 운이 좋으면 제대로 익은 것도 맛볼 수 있다. 천천히 열매채소의 시기가 다가오고 있다.

소만 무렵에는 텃밭에 푸성귀가 가득 차고, 들과 숲에도 먹거리가 풍부해진다. 따라서 벌레들도 많아진다. 새들 입장에서 보자면 양질의 단백질이 풍부해지는 것이다. 이때다 하고 새들은 짝짓기를 하고 둥지를 틀고 알을 낳고 새끼를 기른다. 오뉴월은 새들이 가장 시끄럽고 분주해지는 시기이다.

▲ 방울새

# 쏙독새 - 발 없는 새

입하 무렵 뻐꾸기 소리를 듣고서 여름이 다가오고 있음을 안다. 5월은 봄의 전성기이다. 밤잠을 이루기 어렵다. 소쩍새뿐만 아니라 온갖 여름새들이 밤새 애틋하게 짖어댄다. 텃밭의 밤공기엔 꽃향기가 가득하고 새들의 애절한 노래가 숲을 가득 채운다. 좀처럼 떠날 수 없어 밤 이슥해지도록 텃밭에 머물러 애상에 젖는다.

오뉴월 여름이 성큼 다가오면 밤 숲에서 쏙독새 울음소리가 들린다. 쏘쏘 쏘쏘 쏘쏘 하며 혀를 차는 듯한 특이한 소리이다. 그 소리가 마치 머슴이 소를 모는 소리와 같다고 해서 고향에서는 쏙독새를 '머슴새'라 불렀다. 벼농사를 시작하면서 논을 갈기 위해 농부들이 소를 몰고 이 논 저 논으로 옮겨 다닐 무렵 쏙독새의 울음소리도 최고조에 달했다. 저녁 늦게까지 일하다가 어둑한 농로를 따라 소를 몰아 돌아가노라면 머슴새가 머리 위로 쏘쏘 쏘쏘 쏘쏘 소를 몰아갔다. 우리 동네에는 전설이 전해졌다. 머슴이 캄캄해질 때까지 논에서 일하다가 소를 몰고 귀가하던 길에 벼랑길에서 떨어져 죽어 쏙독새가 되었다는 이야기이다. 유독 그 벼랑길 근처에서 쏙독새 소리가 자주 들렸다.

소쩍새와 마찬가지로 쏙독새도 야행성이라 관찰하기가 쉽지 않다. 그러나 소쩍새에 비해서는 자주 눈에 띄는 편이다.

어린 시절 몇 차례 목격한 적이 있다. 내 기억 속의 쏙독새는 발 없는 새이다. 어두컴컴한 학교 운동장에서 휙휙 날아다니다가 잠시 땅바닥에 내려앉았는데 발이 보이지 않았다. 잠깐 바닥에 내려앉아도 발로 서지 않고 알을 품는 새처럼 배를 대고 앉았다. 낮에는 나뭇가지처럼 위장을 하고 가지 위에서 쉬는데 그때도 가지에 배를 대고 앉아서 다리나 발이 보이지 않는다. 그러니 내 기억 속의 쏙독새는 '발 없는 새'이다. 왜 쏙독새는 발과 다리를 보여주지 않는 것일까?

▲황조롱이

# 딱새와의 지란지교
# -내 생애 첫 새

텃밭을 마련하고 밭을 일구던 첫해. 내가 사귄 첫 번째 야생 친구가 딱새이다. 삽과 괭이로 개간을 하다시피 흙을 일구고 있는데 딱새 한 마리가 알짱거렸다. 나를 졸졸 따라다니는 것이었다. 잠시 앉아 휴식을 취할 때도 달아나지 않고 근처의 나뭇가지에서 딱딱 낮은 소리를 내며 꽁지깃을 흔들었다. 매우 살가운 녀석이었다. 하루 이틀 있는 일이 아니었다. 녀석은 텃밭에 살며 나를 졸졸 따라다녔다. 기이한 생각이 들었다. 전생에 무슨 인연이라도 있는 것일까. 왜 이토록 나를 따르는 것일까. 갑자기 잊고 있었던 까마득한 기억이 되살아났다.

다섯 살이나 여섯 살 무렵이었을 것이다. 할아버지를 따라 소 풀을 뜯기러 '잔야굴'로 나갔다. 잔야굴은 우리 집에서 3킬로미터 정도 떨어진 곳에 있는 계단식 논이 많은 완만한 계곡이었다. 물론 우리 논도 거기 있었다. 그 멀리까지 소를 몰고 간 것은 아마 논을 둘러볼 겸해서일 것이다.

논두렁을 걷는데 새 한 마리가 발밑에서 날아갔다. 내려다보니 논두렁의 구멍 속에 새 둥지가 있었다. 갓 부화한 벌거숭이 새끼들 여섯 마리가 꿈틀거리고 있었다. 그 모습이 얼마나 신기하던지 한참을 들여다보고 손바닥에 올려다보기도 했다. 한 마리 데려가서 기르겠다고 떼를 썼지만 할아버지는 벌레 잡아먹는 좋은 새라고 말리셨다.

한 주나 지났을까. 할아버지를 따라 이웃 마을에 있는 할아버지 친구댁을 방문했다. 그 집에는 나보다 조금 작은 남자아이가 있었다. 할아버지들끼리 담소를 나누는 사이에 우리는 금방 친해졌다. 할아버지들의 얘기는 도무지 끝날 것 같지 않았다. 나는 갑자기 잔야굴의 새 둥지가 떠올랐다. 새로 사귄 친구에게 새 둥지를 자랑하고 싶었다. 할아버지에게 새 둥지를 보러 가겠다고 말하고 친구를 데리고 나섰다. 할아버지는 얘기하는 데에 정신이 팔린 나머지 건성으로 그러렴, 하고 말했다.

할아버지 친구댁은 잔야굴과 반대방향으로 우리 집에서 3킬로미터 떨어져 있었다. 그러니 잔야굴까지 가려면 6킬로미터를 가야했다. 정비된 길이 아닌 갖가지 위험이 도사린 삐뚤빼뚤한 오솔길이다. 몇 걸음 가다가 아차, 하는 생각이 들었다. 더럭 겁이 났다. 길이라도 잃어버리면 어떡하지? 집에서 잔야굴까지 혼자 가본 적이 없었다. 할아버지를 따라 몇 번 가본 게 전부였다. 마음속으로는 온갖 생각이 다 들었지만 새로 사귄 친구에게 멋진 모습을 보여주고 싶어서 의연하게 행동했다. 반신반의하면서 길을 찾아가는데 의외로 순조로웠다. 할아버지와 함께 갔던 길의 기억이 되살아나는 게 신기했다. 그렇게 나는 최초로 6킬로나 되는 길을 스스로 찾아갔다. 친구까지 데리고 말이다.

잔야굴에 도착해서는 기억을 더듬어 가며 간신히 둥지를 찾아냈다. 하지만 둥지는 텅 비어 있었다. 아쉬워하며 주위를 둘러보았는데 새끼로 보이는 새 한 마리가 있었다. 조금 날다가 내려앉기를 반복하면서 우리로부터 조금씩 달아나고 있었다. 금방 어미 새가 날아와 경계음을 내면서 새끼 새를 불렀다. 잡힐 듯 잡힐 듯하면서도 잡히지 않던 새끼 새는 어미 새를 따라 숲으로 들어가 버렸다. 숲은 덤불이 우거져 뱀이 있을까 봐 들어갈 엄두가 나지 않았다. 우리는 닭 쫓던 개처럼 우두커니 숲을 바라보다가 마음을 접고 다시 둥지로 돌아왔다. 논두렁의 깊지 않은 굴에 짐승의 털, 이끼, 풀잎과 나뭇잎을 모아 만든 둥지는 제법 아늑해 보였다. 논두렁에서, 그리고 아직 모내기를 하지 않아 잔디밭 같은 논바닥에서 친구와 놀다가 돌아왔다.

딱새는 제비처럼 사람을 좋아하는 새이다. 사람의 집에 세 들어 살기를 좋아한다. 우편함, 신발장, 보일러실, 창고 등 구멍이 있으면 어디든 둥지를 튼다. 자동차나 경운기에 둥지를 틀어 난감하게 하는 경우도 있다. 딱새가 인가 주변을 좋아하는 것은 나름 현명한 생존 전략이다. 세상에서 가장 무서운 짐승이 사람이라서 사람 근처에 있으면 천적의 공격을 최소화할 수 있기 때문이다. 제비도 그런 이유로 사람과 공생을 선택한 것이다.

용인에서 몇 년 테라스가 있는 아파트에 전세로 산 적이 있는데 매년 딱새가 테라스에 둥지를 틀고 새끼들을 키워나갔다. 집에서 새를 관찰할 수 있으니 아이가 제일 좋아했다.

소리울 텃밭에서도 딱새는 주인 노릇을 했다. 나야 주말 농부이니 일주일에 고작 하루 이틀 들를 뿐이지만 녀석들은 상주민이니 당연히 주인 노릇을 할 만도 했다. 봄이면 농장 어딘가에 둥지를 틀어 매년 한두 차례에 걸쳐 새끼를 낳아 기른다. 밤에는 농막 처마 밑에서 잠을 잔다.

암컷은 겁이 많아 사람에게서 멀리 떨어지는 반면, 수컷은 사람을 별로 두려워하지 않는다. 텃세도 심해서 다른 수컷이 나타나면 저돌적으로 공격해서 쫓아내기도 한다. 내가 밭일을 하고 있으면 수컷은 내 주변을 맴돈다. 흙을 일구거나 풀을 베어내면 벌레들이 튀어나오기 때문이다. 녀석은 나를 따라다니며 벌레를 잡아먹는 것이다. 이런 생태적인 지식에 괄호를 쳐두고 딱새 수컷을 바라보면 재미있다. 마치 전생에 무슨 인연이 있어서 녀석이 나를 졸졸 따라다니는 것만 같기 때문이다. 밭에서 혼자 일할 때 녀석을 보고 있으면 심심하지 않아서 좋다.

▲ 육추 중인 아빠 딱새

# 후투티와 악취 - 윤무부 교수님의 첫사랑은

소리울에 봄이 깊어가면 후투티가 자주 보인다. 물론 내 텃밭에도 종종 다녀간다. 경계심이 많아 사람들로부터 멀리 떨어져서 활동한다. 주로 논밭에서 지렁이와 땅강아지 따위를 잡으며 먹이활동을 하고 숲에 둥지를 틀어 새끼를 길러낸다.

『붉은배새매의 계절』에서 얘기했듯이 나에게 첫사랑과 같은 새는 붉은배새매이다. 윤무부 교수는 자신에게 첫사랑은 후투티라고 말씀하시곤 한다. 후투티에 매료되어 조류학자의 길로 들어서게 되었다는 것이다. 충분히 공감한다. 나도 어렸을 때 후투티를 보면 가슴이 뛰곤 했다.

후투티는 의심할 나위 없이 아름답고 매력적인 새이다. 머리의 댕기, 그리고 등과 날개의 흑백의 줄무늬가 화려해서 마치 열대 조류 같은 느낌을 준다. 특히 화사한 접이식 부채처럼 펼쳤다 접었다 하는 댕기가 인디언 추장의 머리 장식을 떠오르게 해서 '인디언 추장새'라 부르는 사람들도 있다.

초등학교 오륙 학년 때 후투티 둥지를 관찰한 적이 있다. 사실 그 시절 나에게 새 둥지 찾기는 식은 죽 먹기였다. 염소들을 풀어놓고 들판에 앉아 있으면 새들의 동태가 훤히 눈에 들어왔다. 커플이 뻔질나게 드나드는 곳을 찾아보면 틀림없이 둥지가 있다. 후투티 둥지도 그렇게 찾았다.

후투티는 대개 나무 구멍이나 인가의 지붕 틈새, 돌담 틈새 등 구멍 속에 둥지를 트는 것으로 알려져 있다. 그러나 당시 내가 찾은 둥지는 오륙 학년생 가슴 높이에 있었다. 계단식 논의 돌로 쌓은 축대 틈새였다. 후투티 한 쌍이 입에 먹이를 물고 쉴 새 없이 드나들었다. 어미가 먹이를 구하러 간 사이 조심스럽게 다가가서 안을 들여다보았다. 어두워서 잘 보이지 않았다. 겁도 없이 손을 쓱 밀어 넣어보았다. 생각보다 구멍 속의 공간이 넓어서 놀랐다. 아직 깃털이 돋아나지 않는 벌거숭이들의 살결이 만져졌다. 손으로 더듬어 보니 예닐곱 마리 정도 됐다. 한 마리를 꺼내 보았다. 비둘기 새끼 정도로 큼직하고 제법 묵직했다. 그런데 갑자기 역겨운 냄새가 머리를 어지럽게 했다. 먹이 썩는 냄새나 배설물 냄새와는 확연히 달랐다. 독성 있는 화학약품 냄새처럼 매우 불쾌했다. 스컹크나 노린재가 하는 방어 행동이라 직감했다. 다음날 학교 도서관에서 동물 백과를 찾아보니 후투티는 위험에 처하면 미지선(尾脂腺)에서 악취가 나는 액체를 분비한다고 나왔다.

사람이든 동물이든 지나치게 가까이 다가가면 구린내가 나는 법이다. 호의를 가지고 다가가도 위악적으로 행동하며 거리를 유지하는 사람도 있다. 어쩌면 적절한 거리는 타인과 자연에 대한 예의인지도 모른다. 거리의 미학은 아름답고 어려운 기술이다.

## 뱁새 - 개구쟁이 아이들 같은

어느 오월 나는 텃밭에서 웃자란 두릅 줄기를 잘라내는 작업을 하고 있었다. 봄에 두릅 순을 따고 나서 웃가지를 쳐내주면 키를 적절하게 유지해서 이듬해 순을 채취하기 쉽기에 거의 매년 하는 작업이다. 낫으로 줄기를 내리치려고 하는 찰라! 둥지 속 푸른 알! 그것이 눈에 들어왔다. 뱁새의 둥지가 두릅나무 줄기에 달려 있었다. 자칫 둥지를 망가뜨릴 뻔했다. 둥지 앞이 약간 휑해지기는 했지만 그런대로 위장은 될 듯했다. 가슴을 쓸어내리며 주위를 둘러봤다. 어미 새가 멀리서 짹짹거리고 있었다. 아마 나를 유인하려는 듯싶었다. 어렸을 때 처음 뱁새 알을 봤던 날이 생각났다.

신비로운 색이었다. 가을하늘처럼 푸른 빛이 은은하게 감돌았다. 아니 어쩌면 맑고 얕은 바닷물의 색채나 고려청자의 빛깔이었다. 영락없는 옥구슬이었다. 세상에 이렇게 앙증맞고 예쁜 알이 있다니! 푸른색의 알이라니!  보석이나 장식품이라 해도 믿을 수밖에 없을 법한 품위 있으면서도 귀여운 알들이었다. 세상에서 가장 신비로운 알! 나는 그 첫 만남을 아직도 생생하게 기억한다.

뒤안과 뒷산 사이의 비탈은 빽빽한 신우대 숲이었다. 그 숲을 따라 산 아래로 아늑한 오솔길이 길게 이어졌다. 신우대의 높이가 3미터는 족히 넘어서 오솔길은 시원하게 그늘이 졌다.

촘촘한 가지 사이로 새어 들어오는 빛은 온화하기 그지없었다. 그 포근한 길은 뒷산을 감싸고 도는 둘레길이었다. 그 길 끝에는 멋진 계곡이 있었다. 기암괴석과 벼랑과 웅덩이 등 온갖 아기자기한 풍경을 품은 계곡이었다. 그 계곡의 상부에는 사람이 살지 않는 폐가가 한 채 있었다. 폐가 앞에는 제법 너른 다랑논들이 계단을 이루고 있었다. 다랑논 사이로 계곡물이 도랑을 이루며 흘러내리고 있었던 것이다. 폐가로부터 한 오백미터 쯤 아래의 평지에는 거대한 팽나무가 한 그루 있었다. 수백 년은 묵었을 법한 나무였다. 나무의 밑둥에는 유치원생 한 명 정도도 들어갈 수 있는 큰 구멍도 있었다. 당시 TV 연속극에서 말괄량이 삐삐가 그런 구멍에 들어가 놀았기 때문에 나는 그 나무에 '삐삐나무'라는 이름도 붙여주었다. 우리는 폐가와 삐삐나무와 다랑논과 계곡으로 이루어진 그 일대를 '웃덤터'라 불렀다. 그곳은 에덴이었다. 모험심 많은 나에게는 더없이 좋은 놀이터였다. 봄에는 또래 아이들과 함께 나물도 캤고, 여름에는 가재와 물고기도 잡았다. 피라미처럼 무지개무늬를 가진 작은 붕어도 잡았는데 아직까지 종명을 정확하게 확인하지 못했다. 거기서 다람쥐를 추격했고, 멧돼지와 고라니의 흔적을 찾아다니기도 했다.

초등학생이던 그 봄날에도 웃덤터로 가는 길이었다. 신우대 이파리 사이로 햇살이 잘게 부서져 떨어져 내렸다. 은은하게 내리는 햇빛 가루를 맞으며 오솔길을 걷고 있는데 신우대 줄기에 매달린 작은 둥지가 눈에 띄었다. 둥지 안에는 뱁새 한 마리가 들어앉아 있었다. 적갈색 머리를 치켜들고 잔뜩 긴장한 모습이었다. 내가 걸음을 멈추고 유심히 바라보자 부담이 되었는지 갑자기 푸드득 날아올라 주변을 맴돌며 짹짹거렸다. 나는 재빨리 다가가 둥지 안을 들여다보았다. 작고 깊은 둥지 속에 다섯 개의 알이 놓여 있었다. 그렇게 신비로운 푸른 알과의 첫 만남이 이루어진 것이다. 그것은 세월이 많이 지난 지금까지도 내가 보아온 알 중에서 가장 예쁜 것이다.

▲ 뱁새 둥지와 알

심장이 걷잡을 수 없이 두근거렸다. 언제쯤 부화할까? 아니 알을 집으로 가져가 부화시켜보는 건 어떨까? 기다렸다가 둥지에서 새끼가 깨어나면 데려다가 기를까? 그런 생각들로 머릿속이 온통 뒤죽박죽이었다. 아이들이란 대체로 뭔가를 그대로 두고 보는 법이 없다. 그러나 다음 날이 되자 마음이 가라앉았고 지켜보며 관찰하는 길을 택했다. 당시 나의 꿈은 생물학자였기 때문이었다.

어미의 포란과 육추에 방해가 안 되는 범위에서 며칠 간격으로 살폈다. 알에서 갓깨어난 아기 새는 눈도 뜨지 못하고, 고개도 들지 못한다.

앞을 보지 못하는 시기에는 인기척을 듣고 나를 어미 새로 착각하여 먹이를 달라고 입을 벌렸다. 그러나 눈을 뜨고 나서는 내가 나타나면 잔뜩 긴장해서 납작 엎드린다. 그러다가 어느 순간 둥지가 휑하니 비워져 버린다. 놀랍게도 알에서 부화, 이소까지의 그 모든 신비로운 과정이 3주 정도에 끝나 버렸다.

뱁새가 황새 따라가다 가랑이 찢어진다는 속담이 있다. 황새가 큰 새의 대명사라면 뱁새는 작은 새의 대표 주자이다. 아마 농가 주변에서 쉽게 볼 수 있는 새 중에서 가장 작은 새가 뱁새일 것이다. 참새보다도 더 작은 새이니 당연히 작은 새의 대표일 수밖에 없다. 붉은머리오목눈이라고도 부르는 이 뱁새는 작지만 어느 새보다도 활기차다. 수십 마리가 무리 지어 다니며 요란하게 지저귀기 때문에 쉽게 소리를 들을 수 있다. 뱁새는 조무래기 군단이다. 고개를 빳빳하게 치켜세우고, 꼬리를 짱짱하게 펼치고선 그 앙증맞은 몸으로 있는 힘껏 짹짹 짖어대는 모습이 사뭇 호전적이기까지 하다.

이 조무래기 군단은 잠도 적은 듯하다. 농가의 이른 새벽을 깨우는 것도 이 녀석들이다. 아직 어둑어둑한 뒤안 울타리에서 시끌벅적하게 떠들어대며 하루의 시작을 알린다. 뿐만 아니라 가장 늦게 잠자리에 드는 새도 녀석들이다. 하루종일 마을과 들판 여기저기를 쏘다니다가 늦은 저녁에서야 잠자리로 돌아온다. 워낙 활동적인 성격이기 때문에 어두컴컴해져서 거의 앞이 보일 듯 말 듯할 때까지 놀다가 잠자리로 복귀한다. 그 점에서는 시골의 어린아이들과 비슷하다. 나도 어린 시절 들판에서 개울가에서 늦게까지 놀곤했다. 더 놀고 싶었지만 엄마한테 혼날 것 같아 마지 못해 어두컴컴한 길을 걸어왔다. 그럴 때면 귀소하는 뱁새 무리와 마주치기 일쑤였다.

내 텃밭에서 가장 자주 눈에 띄는 종의 하나가 뱁새이다. 낙엽이 진 뒤 텃밭 안팎의 떨기나무숲을 정리하다 보면 여기저기서 뱁새 둥지가 눈에 띈다. 예기치 못했던 블루베리 나뭇가지에서, 두릅 숲에서, 아로니아 울타리에서 빈 둥지가 나온다. 따듯한 봄날 여기에서 알을 낳고 새끼들을 길러 내보냈을 것이다. 빈 둥지를 보는 것만으로도 위안이 된다. 가느다란 풀잎으로 섬세하게 직조한 둥지는 매우 튼튼하고 안정되어 보인다. 작은 둥지 크기에 비해 깊이가 있어서 새끼 새들은 아늑함을 느낄 수 있었을 것이다.

어린 시절 내 가슴을 뛰게 하던 그 알! 텃밭에서 처음 뱁새 둥지를 발견하던 날. 나는 딸아이에게도 그 경험을 안겨주고 싶었다. 아기 새가 알에서 깨어나기 전에 당장 보여주고 싶었다. 그날 저녁 집에 돌아와 아이에게 아빠가 경험했던 신비로운 알에 대해 얘기해주었다. 직접 보는 첫 경험을 선물해주고 싶어서 사진은 보여주지 않았다.

역시 아이의 표정에 경이로움이 한가득 담겼다. 아이의 얼굴을 들여다보면서 나는 다시 어린 시절 그때로 돌아간 기분이 들었다. 아이의 심장 고동 소리가 들리는 듯했다. 둥지 속을 들여다보며 유심히 살펴보았다. 그것으로 끝난 게 아니었다. 아이는 알을 가져가서 부화시키겠노라고 우기기 시작했다. 자신 있다는 것이다. 아직 유치원생이라 그때의 나보다 훨씬 어려서 일 것이다. 간신히 설득했지만 돌아오는 차 안에서 그야말로 닭똥 같은 눈물을 쉽게 뚝뚝 떨어뜨리고 말았다.

일주일 뒤에 아이를 데리고 다시 왔을 때는 갓 알에서 깨어난 벌거숭

▲ 뱁새

이 아기 새들이 애벌레들처럼 꼬물대고 있었다. 아직 눈을 뜨지 못했기 때문에 인기척을 느끼고 어미로 착각했는지 찍찍거리며 먹이를 찾았다. 그 다음 주말에 왔을 때는 아기 새들이 벌써 어미 새 못지않게 덩치가 커져서 둥지가 꽉 찼다. 이번에는 사람을 알아보고는 잔뜩 긴장한 채 둥지에 납작 엎드려있었다. 한 주 뒤에 다시 찾아왔을 때에는 둥지가 텅 비어 있었다. 벌써 이소한 것이다.

어린 시절의 추억을 딸아이와 함께 다시 경험하면서 나는 그 시절의 '심장'으로 돌아가는 기분이었다. 어린 시절에 내가 경험했던 자연의 신비와 경이에 대한 감각을 딸아이의 표정에서 고스란히 읽어낼 수 있었다. 딸아이를 통해 어린 시절의 추억을 상기하면서 나는 인생을 두 번 살고 있었다.

# 6월

## 베리가 베리 굿

망종(芒種)

하지(夏至)

# 낙원의 풍요

유월은 봄 낙원이 절정에 도달한다. 숲은 짙푸른 녹음이 우거졌다. 백일홍, 삼엽국화, 금계국 등 여름꽃들이 농로 주변을 울긋불긋 물들인다. 뱁새, 참새, 딱새, 박새, 곤줄박이……. 이소한 새끼 새들의 비행 연습이 한창이다. 가끔 인가로 뛰어들기도 하고 고양이나 개에게 곤욕을 치르기도 한다. 새끼 새들이 여기저기 숨어서 밥 달라고 짹짹 졸라댄다. 어미 새는 먹이를 물어 나르느라 분주하다.

보통 유월을 여름의 시작으로 잡지만 나는 그렇게 생각하지 않는다. 유월은 모든 면에서 오월과 매끄럽게 이어진다. 5월 중하순부터 시작된 베리 수확은 유월 초중순에 최고에 이른다. 6월 1일에는 준베리 열매가 익는다. 6월은 준베리 열매가 익었나 살피는 일로 시작한다. 준베리는 견과류처럼 고소한 맛이 나는 독특한 베리이다. 이어 블루베리와 구스베리가 본격적으로 익어간다. 베리는 장맛비를 맞으면 맛이 없어진다. 따라서 유월 중순까지가 베리 수확의 최적기라 할 수 있다. 물론 장마가 늦어지면 7월까지도 맛 좋은 베리를 수확할 수 있다. 생과로 먹고 남은 베리는 냉동시켜 놓고 1년 내내 조금씩 꺼내 먹는다.

이제 풋고추, 오이, 가지, 풋호박 등의 열매채소가 쏟아져 나온다. 이제 잎채소는 맛이 없어질 뿐만 아니라 열매채소가 풍족하기 때문에 손이 가지 않는다. 햇볕이 강해지면서 잎채소류는 잎이 두꺼워지거나 질겨진다. 꽃대가 올라와 꽃이 피기도 한다. 케일이나 배추는 벌레들 차지가 되어버린다. 장맛비가 내리면 잎채소는 자연스럽게 짓물러져 버린다. 이제 새로 나온 풋풋한 풋고추와 오이, 토마토가 입맛을 돋우는 시기가 도래했다. 봄 잎채소의 시대는 끝났다. 8월에 다시 모종을 심어 가을 잎채소를 기약해야 한다.

▲ 준베리

# 하지의 태양 아래에서

유월의 가장 큰 즐거움 중 하나는 감자를 캐는 일이다. 감자는 하지(夏至) 이전에 캐야 안전하다. 그래서 '하지 감자'이다. 하지 이후에는 언제든 장맛비가 쏟아져 내릴 수 있다. 장마가 시작되면 땅속의 감자가 썩어버리기 십상이다.

뜨거운 하지의 뙤약볕 아래서 감자를 캐는 일은 고역이 될 수 있다. 따라서 주말 농부는 조금만 심어야 한다. 대개 겨울에 싹이 난 감자 몇 알을 냉장고 야채칸에 고이 모셔뒀다가 삼월에 서너 조각으로 잘라 심으면 된다. 감자는 투자 대비 열 배 넘는 결실을 내어준다. 감자 캐는 일은 그닥 어렵지 않다. 감자는 알이 깊이 들지 않기 때문에 줄기를 당기면 알이 뽑혀나올 정도이다. 조금 깊이 든 알도 호미로 살짝 겉흙을 긁어내기만 하면 쉽게 캐낼 수 있다. 문제는 남중 고도가 정점에 이른 하지의 뜨거운 태양이다. 아무리 쉬운 일이라도 자칫 일사병에 걸릴 수 있다. 부디 감자는 조금씩만 심길 당부하고 싶다. 감자 캐는 일만 아니면 유월에는 별로 힘든 일이 없다. 그리고 감자 캐는 일을 끝으로 봄 낙원의 농사는 막을 내린다.

이제 일교차가 크지 않아 밤에도 따뜻하다. 낮에 너무 덥기는 하지만 습도가 낮기 때문에 나쁘지는 않다. 아직 모기 같은 날짐승이 많지 않아 귀찮은 일도 없다. 유월은 틀림없이 낙원의 절정이다.

마침내 장맛비가 내리는 순간, 3월부터 시작된 봄 낙원의 계절은 대단원의 막을 내린다. 이제 본격적인 여름의 시작이다.

▲ 하지 감자

# 매실이 익으면

텃밭의 매실나무는 사실 꽃을 감상하기 위한 것이다. 열매가 목적이 아니다. 그러나 수확하는 해도 있다. 매실도 하지 이전에 수확해야 한다. 장마가 시작되면 다 떨어져 버린다. 익지 않은 열매인 청매실은 5월 하순, 살짝 익은 열매인 황매실은 6월 초중순에 딴다. 황매실은 벌레가 먹어 쉽게 떨어진다. 따라서 안전하게 많은 수확을 원한다면 청매실일 때 딴다.

나는 대체로 6월 초 누르스름해질 때 딴다. 술을 잘 마시지 않기 때문에 매실로 청이나 장아찌를 담근다. 열매도 반 바가지 정도만 딴다. 열매를 쪼개서 씨앗을 빼내고 설탕에 잰다. 설탕이 다 녹으면 열매를 건져내 소금을 살짝 뿌려 보관해두고 조금씩 꺼내 먹는다. 청은 요리당이나 음료로 쓴다. 어디서 따로 배운 것은 아니고 스스로 터득한 방법이다.

# 산딸기 붉게 익어

시골 아이들에게 산딸기는 정말 좋은 간식거리였다. 길섶에서 또는 풀밭에서 산딸기를 발견하면 그야말로 횡재한 것이다. 산딸기는 한두 그루만 있는 경우는 드물다. 대체로 군락을 이루므로 배가 부르도록 잔뜩 따먹을 수 있다. 염소를 몰고 다니다 보면 여러 종류의 산딸기를 만나곤 했다. 품종별로 익는 시기가 다르기 때문에 5월 하순에서 8월까지 따먹었던 기억이 있다.

산딸기속(Rubus)에 속하는 종들로는 산딸기, 복분자, 멍석딸기, 곰딸기, 줄딸기, 장딸기 등 20여 종이 한반도에 자생한다. 기회가 된다면 산과 들을 돌아다니며 가능한 많은 종을 채집해서 품종별로 산딸기 밭을 만들어 보고 싶다. 산딸기는 여러 면에서 정원에 심기 좋은 식물이다. 맛은 물론 관상용으로도 그만이다. 더군다나 생명력과 번식력이 왕성해서 재배하기도 쉽다. 오히려 너무 왕성하게 영역을 확장해서 걱정이다. 몇 년 방심하면 텃밭이나 정원을 점령해버릴 정도이다.

그러나 그런 거창한 꿈은 접어두어야 한다. 주말 자연인은 절대적으로 시간이 부족하다. 더군다나 소유자의 허락을 받지 않고 남의 땅에서

식물을 채취하는 것은 범죄이다. 주말 농부가 할 수 있는 일은 고작 온라인 검색이다. 가장 인기 있는 품종은 당연히 복분자이다. 요강을 엎을 정도로 건강에 좋다는 근거 없는 속설 때문인지 복분자는 산딸기의 대명사가 되어 있었다. 당연히 가장 쉽게 구할 수 있었다. 나는 전문 농가에서 최소 단위인 20주를 주문했다.

복분자 나무는 너무 강인해서 탈이었다. 웬만해서는 죽지 않았다. 넝쿨성 작물이라 줄기가 무성하게 자라나 주변으로 뻗어나가는데 땅에 닿기만 하면 뿌리를 내렸다. 금방 영역을 넓혀나갔다. 자칫 방심하다가는 온 밭이 복분자 줄기로 뒤덮일까 봐 두렵기까지 했다.

복분자 열매는 주렁주렁 달린다. 특이하게도 붉은색으로 익어가다가 마지막 단계에서는 검은색으로 바뀐다. 붉은색에서 검은색으로 변해야 완숙된 것이다. 완숙되고 나면 금방 벌레가 끓거나 변질되어 버린다. 비라도 내리면 곰팡이가 피어버린다. 따라서 제때 수확하는 게 관건이다. 초여름 땡볕 아래에서 열심히 수확해서 즉시 냉동시켜두었다. 그런데 문제는 맛이 별로였다. 아무리 건강에 좋다고 한들 맛이 없으니 식구들 손이 잘 가지 않았다.

혹시 맛있는 품종이 없나 인터넷에서 찾아보다가 왕산딸기와 블랙베리를 알게 되었다. 각각 열 주씩을 사서 심었다. 블랙베리는 복분자같은 넝쿨성이 아니라 직립성이고 줄기에 가시가 없어 관리하기 쉬운 작물로 대대적으로 홍보되고 있었다. 거기다가 열매도 복분자의 서너 배 크기라 꿈의 작물처럼 보인다. 실제로 복분자보다 서너 배 큰 검은 열매가 열린다. 그러나 결정적으로 생과로 먹기는 힘들었다. 너무 셔서 주스나 절임처럼 가공 과정을 거쳐야만 먹을 수 있을 듯했다.

왕산딸기는 토종 산딸기를 개량한 대과종이다. 베리 중 맛이 최고다.

복분자와 블랙베리의 완숙과는 검은색이지만, 왕산딸기는 붉게 익는다. 줄기가 블랙베리처럼 직립형이라 관리하기 쉽고, 맛은 복분자, 블랙베리에 비해 탁월하다.

블랙베리보다는 작지만 복분자에 비해 열매가 크고 과즙이 풍부하며 맛도 월등하게 좋았다. 복분자는 맛으로 먹기보다는 건강에 좋다는 속설 때문에 먹는 열매 같았다. 반면 왕산딸기는 맛과 영양을 겸비한 베리다. 식감, 산미, 크기 등 모든 면에서 훌륭한 열매였다. 우리 가족들은 블루베리보다도 산딸기를 훨씬 선호하였다. 당연히 왕산딸기는 텃밭의 주작물 중 하나가 되었다.

▲ 산딸기 수확

# 푸른 꿈의 열매 블루베리

베리류는 농약 없이 비교적 쉽게 재배할 수 있다. 비교적 쉽게 관리할 수 있다는 말이지 손이 전혀 가지 않는다는 것은 아니다. 작물은 농부의 발소리를 듣고 자란다는 말을 기억해야 한다. 농부의 발소리가 들리지 않으면 야생은 금세 밭과 작물을 집어 삼켜버린다. 야생의 생명력을 이길 자는 없다.

시장에서 베리의 왕은 당연 블루베리이다. 블루베리 묘목은 인터넷 쇼핑몰에서도 판매한다. 그러나 추천하지 않는다. 인터넷 카페나 블로그를 찾아보면 여러 품종이 나온다. 검색해서 다양한 품종을 보유한 전문 농가와 상담 후에 자신의 텃밭에 필요한 품종을 골고루 심는 게 좋다. 나는 경기 중부 산지라 내한성이 강한 품종 중에서 대과종을 추천해달라고 해서 몇 품종을 구입했다. 비교를 위해 쇼핑몰에서 판매하는 묘목도 몇 그루 구입했다. 확실히 전문 농가를 통해 구입한 품종이 만족도가 높다. 또한 재배하다가 궁금한 점을 물어볼 수도 있으니 전문 농가와 인연을 맺는 게 여러모로 유리하다.

블루베리를 재배하기 위해서는 우선 땅에 신경을 써야 한다. 두 가지

조건을 충족해야만 한다. 배수성과 산도이다. 블루베리는 뿌리가 땅속 깊이 파고들지 않고 대지의 표면으로 뻗어가는 천근성 작물이다. 뿌리가 썩을 수 있으므로 물이 잘 빠지도록 토양을 조성해야 한다. 동시에 보습성도 좋아야 뿌리가 마르지 않고 건강한 상태를 유지한다. 배수성과 보습성이 맞물려야 진정 좋은 토양인 것이다. 내가 길러본 작물 중에서 블루베리만큼 토양의 산도에 민감한 것도 없다. 산도가 ph 4.5~5.5 정도로 유지되어야만 한다. 산성 토양을 좋아하는 것이다.

블루베리가 좋아하는 배수성과 산도, 보습성까지 갖춘 재료가 피트모스(peat moss)이다. 피트모스는 고층습원의 물이끼류가 퇴적되어 생성된 것으로 선태이탄(蘚苔泥炭)이라고도 한다. 식물성 섬유질 덩어리로서 블록 형태로 가공해서 판매한다. 피트모스만 넉넉하게 넣으면 완벽한 블루베리 토양이 형성된다. 문제는 피트모스 가격이 만만치 않다는 것이다.

처음 블루베리 농사를 시작할 때는 주변의 조언에 따라 피트모스를 사서 넣어주었다. 그러나 한번으로 끝나지 않고 산도 유지를 위해서는 매년 보충해주어야만 한다. 피트모스 블록은 단단하게 압축되어 있어서 잘게 부수어야만 한다. 귀찮은 작업이다. 경제적으로 부담도 되었지만 번거롭기도 했다. 무엇보다 수입에 의존하기 때문에 탄소 발자국 증가가 우려되었다.

대안으로 선택한 방법은 부엽토와 유황이었다. 밭에서 모은 잡초와 낙엽 등으로 부엽토를 만들고 그 위에 주기적으로 유황을 소량 살포하면 피트모스와 유사한 효과를 낼 수 있다. 경험상 나 같은 소규모 블루베리 재배자에게는 그게 생태적인 면에서나 경제적인 면, 노동량의 면 등 여로모로 더 나았다.

매년 봄이나 가을에 한번 부엽토를 넣고, 6개월에 한 번 유황을 뿌려주면 훌륭한 블루베리 토양이 유지된다. 이 두 가지에 추가로 이른 봄 질소질이 적은 비료를 추가해주면 블루베리 풍년을 맞이할 수 있다. 질소질이 많은 비료를 주면 웃자라고 조직이 약해져서 동해를 입기 쉽다.

블루베리는 다른 많은 베리들과 마찬가지로 강인하고 인심이 좋다. 웬만해서는 병충해를 입지 않고 넉넉한 열매를 내어준다. 가장 큰 적은 직박구리와 물까치이다. 이 녀석들은 블루베리 귀신들이다. 놔두면 밭에 살면서 익는 족족 다 따먹어버린다. 단 한 알도 남겨주지 않는다. 사이좋게 나눠 먹을 줄을 모르는 녀석들이다.

이 녀석들을 퇴치하는 방법은 두 가지이다. 첫째는 차선책인데 크레졸액을 설치하는 것이다. 크레졸액은 고약한 냄새가 나서 새들이 싫어한다. 냄새를 참고 따먹는 녀석들도 있으므로 완벽하지는 않다. 차선책일 뿐이다. 둘째, 거의 완벽한 대책으로 방조망을 설치하는 방법이 있다. 블루베리나무를 완벽하게 망으로 덮는 것이다. 노동력이 많이 들지만 최선의 방법이다. 방조망은 새그물과 다르다. 새그물은 새가 걸려 죽지만 방조망은 새가 내부로 들어오지 못하게 막아주기만 할 뿐 새에게 위해를 끼치지 않는다. 방조망의 수명이 고작 2-3년이라 번거롭다. 따라서 차선책인 크레졸액을 사용하는 것도 나쁘지는 않다. 나는 여건에 따라 이 두 가지 방법 중 하나를 활용한다.

새들에게 좀 빼앗기더라도 나의 블루베리는 넉넉하다. 벌써 10년째 블루베리 풍년을 맞는다. 텃밭에서 블루베리는 필수이다. 블루베리 몇 그루 심으면 부자가 된 기분이다. 마트에서 감질나게 한 줌 사 먹다가 한 바구니를 수확해 먹어 본 사람만이 아는 기쁨이 있다.

# 늦봄의 꼬마 친구 멧밭쥐
# - 세상에서 가장 작은 설치류

텃밭 농사를 시작한 첫해 가장 반가운 생명체가 멧밭쥐였다. 옥수수를 수확하다가 줄기에 매달린 둥지를 발견했다. 빈 둥지였지만 단번에 멧밭쥐의 것이라는 걸 알 수 있었다. 멧밭쥐가 살고 있다니! 오랫동안 보지 못한 지음을 만난 것처럼 기뻤다.

시골 보리밭에는 멧밭쥐 둥지가 흔했다. 보리 수확철에 낫으로 보리를 베다 보면 새끼가 들어있는 둥지 한두 개는 기본으로 발견할 수 있었다. 수확철에 곡물 줄기에서 자주 발견되기 때문에 영어로는 추수쥐(harvest mouse)라고 한다. 내가 꼬마였을 때 부모님이 보리를 베시다가 보릿대 줄기 사이에 매달려 있는 멧밭쥐 둥지를 발견하면 곁에서 놀고 있는 나를 불러 보여주시곤 했다. 어떤 둥지에는 털이 다 나서 햄스터처럼 귀엽게 생긴 새끼들이 오글오글했고, 어떤 둥지에는 털이 하나도 나지 않아 징그러워보이는 갓난 새끼들이 꼬물거리고 있었다. 시골 아이에겐 그 모두가 더없이 흥미로운 동물 친구였다. 새끼들을 관찰하고 나면 사람이 잘 다니지 않는 논 구석에 둥지를 두었다. 멧밭쥐는 둥지가 노출되면 새끼들을 예비 둥지로 옮긴다. 아마도 내가 관찰했던 새끼들도 밤에 어미가 몰래 와서 안전한 곳으로 데려갔으리라 믿는다.

멧밭쥐는 야행성이라 어미를 보기는 어렵다. 텃밭 농사 3년 차에 나는 어미 멧밭쥐와 처음으로 조우했다. 5월 하순, 소만 무렵이면 허니베리나 블루베리와 같은 떨기나무 잎이 무성해진다. 관목 사이에 잡초까지 웃자란다. 잡초도 없애고 가지치기도 할 겸 블루베리 밭에서 일을 하고 있었다. 깜짝 놀랐다. 블루베리 나무 아래에서 뭔가가 움직였다. 쥐였다. 아주 작은 쥐였다. 빽빽한 관목 줄기 사이를 이동하는데 뭔가 어설펐다. 호기심에 붙잡아 손바닥 위에 올려보았다.

성체라고 하기에는 너무 작았다. 새끼 쥐인가? 아니면 병든 것일까? 별 저항도 하지 못했다. 이런 상황이 정상이라면 이 쥐는 과연 야생에서 살아남을 수 있을까. 달아나려고 하지 않는 것은 아니지만 필사적이지는 않았다. 아파 보이지는 않았다. 귀엽기는 엄청 귀여웠다. 한참 손바닥 위에 올려두고 쓰다듬으며 유심히 살펴보고 나서 놓아주었다. 느리긴 하지만 열심히 도망쳤다. 풀줄기 사이로 달아나는데 아무리 봐도 동작이 영 허술했다.

집에 돌아와서 검색을 해보니 틀림없는 멧밭쥐였다. 멧밭쥐는 아주 특별한 녀석이다. 세상에서 제일 작은 설치류이다. 몸무게가 10그램 안팎이다. 풀잎을 타고 이동하기 위해 몸이 가볍게 진화한 것이다. 발가락도 풀줄기를 잘 쥘 수 있도록 발달했다. 특이하게도 몇몇 원숭이들처럼 이동하는 데에 꼬리를 사용한다고 한다. 꼬리로 능숙하게 풀줄기를 감아쥐면서 줄기와 줄기 사이를 건넌다. 이쯤이면 풀숲의 꼬마 원숭이라 해도 좋지 않을까?

▲ 멧밭쥐 둥지

길러본 사람들도 있었던 모양이다. 자료에 의하면 멧밭쥐는 성격이 온순해서 사람을 잘 따른다. 먹이도 가리지 않고 과자나 곡식을 잘 받아먹는다. 생활 습관도 깔끔하다. 특정한 곳을 화장실로 지정해서 그곳에서만 변을 본다. 급해서 실수로 다른 곳에 변을 보면 입으로 물어 화장실에 옮겨다 놓을 정도로 치밀한 성격이다. 유대감이 형성되면 사람의 손바닥 위로 폴짝 뛰어오르는 묘기도 보여준다. 풀줄기에서 풀줄기로 건너뛰는 습성이 있어서 점프를 즐긴다.

멧밭쥐 둥지가 어디 있는지 보고 싶어 밭 여기저기를 살폈지만 찾지 못했다. 그러나 한 달쯤 뒤 우연히 발견했다. 텃밭 한쪽에 있는 옥수수밭에 웃거름을 주는 중이었다. 한참 일을 하고 있는데 새 둥지 같은 것이 보였다. 처음엔 뱁새 둥지인가 하고 살펴보았는데 틀림없이 멧밭쥐 둥지였다. 멧밭쥐 둥지는 출입구를 찾기 어려운 공 모양으로 어른 주먹 정도의 크기이다. 옆 부분에 출입구가 있는데 위장을 위해 어미가 막아 둔다.

출입구로 추정되는 부분을 벌리자 새끼들이 보였다. 모두 다섯 마리였다. 잠깐 확인하고 조심스럽게 입구를 닫아두었다. 가까운 곳에서 임시 둥지를 두 개나 찾아냈다. 혹시 몰라 임시 둥지에는 손을 대지 않았다. 아마도 어미가 밤새 새끼들을 임시 둥지로 옮겼으리라.

예전엔 멧밭쥐가 흔했는데 안타깝게도 요즘은 그렇지 않다고 한다. 녀석들의 개체수가 급격히 감소한 이유는 무엇보다 과도한 농약 살포의 영향이 크다. 그리고 농지개간으로 인한 억새나 갈대밭의 감소, 둥지를 틀기에 적합한 작물 재배 면적의 감소 등이 중요한 이유이다.

다행히 내 텃밭에는 매년 멧밭쥐 둥지가 여러 채 생긴다. 성체가 종종 눈에 띄기도 한다. 내 텃밭이 녀석들에게 삶의 터전을 제공하고 있어서 기쁘기 그지없다.

찬 바람이 불고 낙엽이 지면 감춰져 있던 멧밭쥐 둥지들이 훤히 드러난다. 늦가을이나 겨울에 빈 둥지를 열어보면 털북숭이 애벌레가 겨울잠을 자기 위해 들어앉아 있는 모습도 볼 수 있다. 멧밭쥐 생각을 하면 나는 저절로 웃음이 나온다.

아! 지난 여름 내내 나의 텃밭에서는 멧밭쥐들이 줄기와 줄기 사이를 건너다니면서 정글짐 놀이를 하고 있었구나! 관목 줄기에서 미끄럼도 타고, 그네도 타고, 시소도 타면서 성장하였을 꼬마 멧밭쥐들을 상상만 해도 유쾌하다.

앙증맞은 발가락으로 줄기를 붙들고, 꼬리로 줄기를 감싸 쥐면서 내 곡식들 사이를 건너다니면서 즐거운 한철을 보냈구나. 내가 밭에 남겨둔 옥수수와 콩과 들깨 따위를 두고두고 갉아먹으며 따듯한 땅굴 속에서 겨울 한 철을 지내겠구나! 꼬마 친구야, 내년 봄에 다시 만나자. 내가 다시 너를 위하여 풀밭을 마련해주마.

# 여름 텃밭 일지

## 지옥에서 놀다

# 7월

## 물 지옥의 생태 공동체

소서(小暑)

대서(大暑)

# 우림의 계절

6월 하순 장마가 시작되면 여름이다. 낙원의 계절은 끝났다. 지옥의 계절이 시작된 것이다. 7월 말까지는 우림의 계절이 이어진다. 8월이 되면 갑자기 하늘이 표정을 바꾸어 해가 쨍 나면서 온 세상을 불태울 듯한 불볕더위가 달려든다. 칠팔월은 물 지옥과 불 지옥을 번갈아 경험해야만 한다.

하지가 되기 전에 마음의 준비를 단단히 해야 한다. 물 지옥과 불 지옥에는 할 일이 태산이다. 마음 같아서는 저 울창한 잡초들을 다 뽑아내고 싶다. 불볕더위가 닥치면 혹시 나무들이 타죽을지도 모르니 종일 물을 대어주어야만 할 것 같다. 그러나 참아야 한다. 인간은 자연의 위력 앞에 무력하다. 자연에 저항하다가는 자칫 목숨이 위태롭다. 지옥과 맞서선 안 된다. 모든 것을 포기할 마음가짐을 굳건히 해야만 한다. 포기하지 못하면 노예가 되어버린다. 노역에 지친 몸은 병들어 간다. 일사병, 열사병 등과 같은 온열 질환뿐만 아니라 전업 농부들에게 나타나는 증후군인 '농부증'이라는 증상도 도사리고 있다. 지옥에서는 우선 나의 생명을 돌

볼 궁리를 해야 한다. 지옥과 싸워서 이길 방법은 없다.

우림의 계절이다. 풀과의 전쟁, 벌레와의 전쟁이 시작된다. 장맛비가 내리기 시작하는 순간 텃밭은 순식간에 정글로 변해버린다. 마사토가 빗물을 흠씬 빨아들여 바닥이 온통 진창이다. 잡초들은 허리 높이로 우거지고, 성장세가 좋은 돼지감자 줄기는 사람 키를 훌쩍 넘긴다. 잠깐 방심하는 사이 풀들이 작물들을 뒤덮는다. 모기, 쉬파리, 각다귀 갖가지 날것들은 물론 뱀, 장지뱀, 개구리, 육상플라나리아, 그리고 직박구리와 물까치 등 온갖 생명체들이 들끓는다. 생전 처음 보는 희한한 벌레들도 나타난다. 자칫 방심하다가는 뱀의 꼬리를 밟는 일도 생길 듯하다. 물 지옥의 계절이다.

이때부터는 일할 맛이 싹 사라져버린다. 심리적으로 그러할 뿐만 아니라 육체적으로도 너무 덥고 습해서 힘든 일은 하기 어렵다. 이 시기에는 노동을 최소한으로 줄인다. 비닐로 멀칭을 해놓은 이랑의 채소 뿌리 곁에서 돋아나는 잡초는 어릴 때 반드시 제거해줘야만 한다. 잡초도 생명이라고 놔뒀다가 밭을 망친 적도 있다. 장마철의 잡초는 악마이다. 귀여운 새싹이라고 봐줬더니 일주일 만에 괴물처럼 자라나 작물을 통째로 삼켜버렸다.

잡초의 뿌리는 채소의 뿌리를 움켜쥐고, 잡초의 줄기는 채소의 줄기와 이파리를 뒤덮어 짓뭉게 버린다. 이 지경이 되면 채소는 죽은 것이다. 그대로 두면 질식하고 짓물러진다. 잡초의 뿌리를 뽑아내면 채소의 뿌리까지 뽑혀 버린다. 어린 잡초는 손으로도 뽑아낼 수 있다. 그러나 웃자란 잡초는 삽과 괭이로 파내야 한다.

호미로 막을 것을 가래로 막는다는 속담이 있다. 이런 경우를 일컫는 말이다. 가래는 쟁기와 비슷하게 생겼는데 세 사람 이상이 협력하여 작업하는 전통 농기구이다. 혼자서 호미질 몇 번으로 쉽게 해치울 일을 방치하면 가래질처럼 힘겨운 일이 된다는 뜻이다. 농경사회의 잡초와의 전쟁에서 유래한 속담이다. 풀과의 전쟁이라니! 농사를 지어본 사람만이 공감할 수 있다.

비닐 멀칭한 이랑도 잡초 잡기가 이렇게 힘드니 멀칭하지 않은 곳은 말 다 했다. 이 시기에는 멀칭하지 않은 곳은 김매기를 포기해야만 한다. 며칠 사이에 원상 복귀에서 나아가 감당하지 못할 기세로 작물들을 뒤덮어 버린다. 풀과의 전쟁에서는 이길 수 없다. 포기하는 게 상책이다. 멀칭해주지 않을 생각이면 장마철 잡초 사이에서도 살아남을 수 있는 강인한 생명력을 지닌 작물을 심어야만 한다. 가령, 블루베리와 산딸기 등 베리들은 잡초 속에서도 잘 살아남는다. 베리류를 많이 심어두면 잡초

▲ 수박

걱정을 조금 덜어낼 수 있다.

불쾌지수가 높은 여름에는 즐겁고 행복한 일을 많이 늘려야 한다. 유월 하순에서 7월 중순까지는 블루베리 수확을 열심히 해야 한다. 장맛비에 젖은 블루베리는 맛이 없다. 좋은 품질을 원한다면 며칠 햇볕에 잘 마른 열매를 수확하는 것이 좋다. 이 시기에는 6월 초부터 시작된 풋고추, 오이, 가지, 호박, 수박 참외가 감당하지 못할 정도로 쏟아진다. 이웃과 나누어 먹고도 남아돌아 퇴비로 버리는 게 많다.

특히 수박이 만족도가 높다. 수박은 생각보다 재배가 쉽다. 다섯 주 정도 심어 한 포기에서 두세 통씩 수확을 하면 비싼 수박을 질리게 먹고도 이웃에 인심을 쓸 수 있다. 수확한 열매를 건냉한 그늘에 두면 꽤 오랫동안 보관할 수 있어서 아파트 뒷베란다에 두었다가 시간 날 때 싣고 고향에 내려가 어머니께 드리기도 한다. 자식이 직접 농사지은 수박이라 어머니께서 무척 좋아하신다.

봄철에 대비만 잘해둔다면 본격적인 여름인 칠팔월은 사실 노동의 계절이 아니라 수확의 계절이다. 다른 일보다도 수확하느라, 그리고 수확물을 처리하느라 분주해지는 계절이다. 물론 전업 농부들의 상황은 전혀 다를 것이다. 텃밭 농사에 한정한 경험담일 뿐이다. '유월 저승을 지나면 팔월 신선이 돌아온다'는 말이 있다. 나에게는 팔월뿐만 아니라 칠팔월 여름철에 해당하는 말이다. 봄철을 근면하고 현명하게 보내면 여름은 한가하게 풍요를 누린다.

# 청개구리는 카멜레온이다

청개구리도 제철을 만났다. 어른 손톱 크기의 앙증맞은 청개구리가 나뭇잎 풀잎 곳곳에 앉아 있다. 올봄에 태어난 새끼들이다. 잘 달아나지도 않는다. 잡아서 손바닥 위에 올려본다. 손바닥 위를 엉금엉금 기거나 뛰어도 본다. 손바닥이 운동장이다. 다시 제 자리에 놓아준다. 텃밭에서 가장 귀여운 생명체이다.

▲ 청개구리

청개구리는 환경에 따라 몸 색깔이 동화한다. 카멜레온처럼 민감하지는 않지만 다양한 색으로 변화한다. 회색, 회갈색, 갈색, 하늘색 등 여러 색의 청개구리를 볼 수 있다. 겨울이 되면 월동 장소에 맞는 겨울옷으로 갈아입는다.

청개구리가 귀엽다고 함부로 만지면 안 된다. 피부에 독이 있다. 약하긴 하지만 독이 눈에 닿으면 실명할 수도 있다. 귀여워서 참을 수 없다면 만져도 큰 문제는 없다. 만지고 나서 곧 손을 씻으면 안전하다.

청개구리는 비의 짐승이다. 비가 오기 전부터 보이지 않는 어딘가 나뭇잎 위에서 요란하게 짖어댄다. 그럴 때면 부모님 생각이 난다. 나는 청개구리인가 아닌가? 비 오는 여름날 텃밭에 앉아 혼자 가만히 생각해 본다.

▲ 참개구리

# 무자치의 땅 - 뱀과 공존하는 생태 공동체

장마철은 습지 동물의 계절이다. 개구리도 신났지만 뱀도 제철을 만났다. 개구리는 발에 밟힐 지경이다. 조심하면서 피해 다녀야 한다. 뱀도 여기저기서 시도 때도 없이 출몰한다. 정면에서 마주치는 경우도 있지만 대개는 풀 속으로 스윽 사라지는 꼬리와 대면한다. 뱀을 보면 당연히 움찔 놀란다. 텃밭을 돌아다니다 보면 특히 뱀이 신경 쓰인다.

겨울을 좋아하는 사람은 많지 않다. 특히 어린 아이가 겨울을 좋아하는 경우는 드물다. 그런데 어린 시절, 정확히는 초등학생 때 나는 겨울이 아주 좋았다. 가장 큰 이유는 겨울에는 뱀이 없었기 때문이다.

그 시절 나는 들판이나 숲속을 뛰어다니는 것이 무척 좋았다. 물론, 봄, 여름, 가을과 같은 좋은 계절에 풀밭과 숲을 탐험하는 것은 큰 기쁨이었다. 그런데 시골에서는 여기저기서 불쑥 뱀이 튀어나온다. 뱀 물림 사고도 종종 생긴다. 정신없이 뛰어다니다가 뱀에게 물릴까 봐 두려웠던 것이다. 춥고 볼거리가 적더라도 뱀 걱정 없이 들과 산을 마음껏 달릴 수 있었으니 어떤 면에서는 겨울이 좋았다. 겨울이 되면 혼자서 아주 깊은 숲속까지 달려가곤 했다. 지쳐서 집으로 돌아올 엄두가 나지 않을 정도로 멀리 원정을 나가기 일쑤였다. 말로만 듣던 고개 너머 먼 마을까지 건너간 적도 있다. 물론 뱀만 없다면 봄이나 여름, 가을과 같이 풍성한 계절이 훨씬 좋았을 것이다. 그 시절 자연주의 소년에게 뱀은 그만큼 큰 걱정거리였다.

텃밭을 마련해서 농사를 짓기 시작한 첫해 가장 기억나는 사건 중의 하나가 무자치와의 조우이다. 처음엔 살모사인 줄 알고 깜짝 놀랐다. 그러나 수영하는 모습을 보고 무자치임을 깨달았다. 새끼도 몇 마리 보았다. 어느 날 논두렁을 걷는데 새끼 뱀 한 마리가 재빨리 농수로 물속으로 달아났다. 그러고는 바닥을 향해 꼬리를 내리고 코를 수면에 대고서 나뭇가지처럼 일자로 서서 꼼짝을 않고 있었다. 발을 구르며 위협을 해보았지만 녀석은 미동도 하지 않았다. 경험이 없는 꼬맹이인지라 몸통이 물에 잠겨 있기 때문에 나에게 자신이 보이지 않는다고 생각하는 모양이었다. 나는 투명한 물속에서 까치발을 하고 선 듯한 녀석의 자세를 고스란히 지켜보고 있었다. 그 모습이 어찌나 우스꽝스럽고 귀엽던지! 뱀에 대한 내 선입견이 왕창 깨졌다. 뱀을 텃밭의 사랑스러운 가족 일원으로 받아들이기로 마음 먹었다.

텃밭에서는 뱀을 자주 보게 된다. 방심한 상태에서 갑자기 만나면 깜짝 놀라지만, 어린 시절처럼 걱정되거나 두렵지는 않다. 이제는 차라리 반갑다. 텃밭의 뱀은 대부분 공격성이 약한 유혈목이나 누룩뱀, 무자치이다. 이런 뱀들은 겁이 많아 사람을 만나면 순식간에 풀숲이나 돌 밑, 물속으로 사라져버린다. 잘 보면 무늬도 아름답다. 특히 초록 바탕에 붉은색, 검정색 무늬가 수놓아진 유혈목이가 화려하다. 오죽하면 꽃뱀, 화사(花蛇)라고 하겠는가.

▲ 줄장지뱀

무자치는 논에 사는 물뱀이다. 물속에서 능수능란하게 움직이는 수영 선수이다. 물론 대부분의 다른 뱀들도 뛰어난 수영 선수이지만, 그들은 머리를 들어 올려 코를 수면 위로 내밀고 헤엄을 치는 경향이 있다. 반면, 무자치는 머리를 물속에 넣고 헤엄치는 것을 즐긴다. 다른 뱀들에 비해 잠수 능력이 탁월한 것이다. 개구리, 물고기, 작은 쥐, 곤충 등을 잡아먹는다. 난태생이라 운이 좋으면 새끼 낳는 장면도 지켜볼 수 있다. 예전에는 논이 많은 우리 나라에서 가장 많이 볼 수 있는 뱀이었으나 지금은 환경오염으로 개체수가 감소하여 흔하지는 않다.

예전처럼 흔하지 않아도 오염이 심하지 않은 논 근처의 주말 농장에서 종종 볼 수 있다. 인간과 충분히 공존할 수 있는 온순한 뱀이다. 독도 없다고 알려져 있다. 그런데 안타깝게도 독사로 오인 받아 많은 개체들이 죽임을 당한다고 한다.

논밭에서 뱀을 보호할 필요가 있다. 무자치뿐만 아니라 독이 있는 뱀도 보호해야 한다. 뱀은 쥐, 곤충 등 각종 유해 동물로부터 우리 논밭을 지켜주는 파수꾼이다. 뱀이 사라진다면 쥐를 비롯한 유해 동물이 증가해 곡물에 큰 피해를 주거나 치명적인 전염병을 초래할 수도 있다. 인간이 논밭에 머무는 시간은 잠깐이지만, 뱀은 1년 365일 24시간, 우리가 자리를 비우거나 안락한 방에서 잠든 시간에도 논밭을 지킨다. 우리는 뱀에게 고마워해야 한다. 뱀이 없어지면 논밭의 생태계가 교란된다. 호랑이, 늑대와 같은 포식자가 없어지면서 멧돼지, 고라니와 같은 동물이 늘어나 문제를 야기하듯이 건강한 생태계를 유지하기 위해서는 뱀도 꼭 필요하다.

하지만 뱀이 인간에게 불쾌하고 두려운 존재인 것도 사실이다. 왜냐하면 아득한 옛날 원시시대부터 우리 조상들이 독사에 물려 많은 곤욕을 치러왔기 때문이다. 우리의 유전 정보 속에는 뱀에 대한 불쾌함과 두려움이 각인되어 있는지도 모른다. 오죽하면 창세기에서 뱀을 죄의 근원으로 묘사했겠는가. 창세기에는 뱀에 대한 인간의 증오심이 반영되어 있다.

뱀에 호감이 없는 사람이라면 가급적 마주치지 않는 것이 좋다. 논밭에서 일할 때는 반드시 장화를 신어 물리지 않도록 조심한다. 그리고 여러 가지 소리를 내서 뱀이 숨거나 멀리 달아나도록 경고한다. 대개 뱀은 시끄러운 소리를 내면 멀리 자리를 피해주기 마련이다.

뱀이 인간에게 전적으로 두려운 존재만은 아니다. 고대부터 뱀은 치유의 상징으로 여겨졌다. 세계보건기구(WHO)의 엠블럼 한가운데에는 뱀이 휘감은 지팡이가 자리한다. 의술의 신 아스클레피오스의 지팡이이다. 이 지팡이에서 뱀은 치유의 상징이다. 그렇다면 뱀이 왜 치유의 상징이 되었을까? 가장 설득력 있는 해석은 뱀의 허물에 주목한 것이다. 고대인들은 뱀이 허물을 벗는 모습에서 '치유'와 '재생'의 의미를 읽어냈다. 병든 육신, 낡은 육신을 벗어버리고 건강한 육신, 새로운 육신으로 거듭나는 모습을 뱀에게서 발견한 것이다. 그 때문에 고대인들에게 뱀은 영생의 존재로 여겨지기도 했다.

현대인들은 정신적으로나 육체적으로 건강하지 못하다. 건강하게 보이는 사람도 건강하지 못한 것 같다. 왜 그럴까. 스스로를 근원인 자연에서 소외시켜왔기 때문은 아닐까. 낡은 육신을 벗어버리고 뱀처럼 새로운 육신으로 거듭나야 한다. 그러기 위해서는 뱀을 비롯한 생태계 내 인류의 동반자들과 공존하면서 생태적인 삶, 건강한 삶을 회복해야만 한다. 뱀과 공존하는 세상이 우리가 회복해야 할 생태 공동체이다.

▲ 새끼뱀과의 만남

# 8월

## 불 지옥의 휴식과 운치

입추(立秋)

처서(處暑)

# 불 지옥 속 신선놀음

빗속에서 미친 듯이 성장하던 잡초들은 장마가 끝나면 주춤한다. 습한 기후에 적응했던 풀들이 뙤약볕을 견디지 못하고 시들거나 심하면 죽기도 한다. 8월 한낮의 들판은 적요하다. 새 한 마리, 들짐승 한 마리도 보이지 않는다. 물론 사람도 찾아보기 어렵다. 불볕더위 아래에서는 동물은 물론 식물들도 힘들어한다. 어쩌다 보이는 새들은 부리를 벌리고 헉헉거린다.

이 시기는 농부들의 안식 주간이다. 전통 농경 사회의 농부는 봄에는 파종하고 이식하느라 바쁘고, 장마철에는 김매느라 눈코 뜰 새가 없다. 팔월에 들어서서야 잡초의 기세가 꺾이고 비로소 농부들은 한시름 놓을 수 있다. '오뉴월 머슴이 팔월 신선 된다'는 속담처럼 농부들이 신선이 될 때인 것이다.

팔월에는 칠석(음력 7월 7일)과 백중(음력 7월 15일)이 있다. 전통 농촌 사회에서 이런 날은 '머슴의 날'이었다. 머슴들이 호미를 씻고 깨끗한 옷으로 갈아입고 먹고 마시고 노는 날이다. 특히 백중날에는 머슴들에게 돈을 주어 하루 쉬면서 하고 싶은 일을 하게 해주었다. 가을걷이가

▲ 흰배지빠귀 어린새

시작되기 전까지 8월은 모처럼 농부들에게 찾아온 달콤한 재충전의 시기인 것이다. 오늘날도 8월 초는 휴가철이듯이 예전 농촌 사회에도 비슷한 문화가 있었으니 시대가 변해도 삶의 본질은 크게 변한 것 같지 않다.

텃밭에서도 8월에는 무조건 일을 줄여야만 한다. 잠깐의 방심으로도 더위를 먹을 수 있다. 그늘에 앉아 막 수확한 수박, 참외, 토마토 같은 열매채소를 먹으며 휴식을 취해야만 하는 시기이다. 내내 고생한 나 자신에게 선물을 주기로 한다.

아침저녁 시원할 때 수확을 마치고, 한낮에 더울 때는 시원한 숲길을 산책한다. 밖에서 보면 적막하지만 숲속으로 걸어 들어가면 생동하는 야생을 만나게 된다. 텃새와 여름새들의 육추가 거의 다 끝난 시기이다. 봄에 태어난 새들은 이제 어미 새와 구별하기 어려울 정도로 크게 자랐다. 물론 유심히 보면 깃의 색과 모양이 아직은 성조와 차이가 있다. 8월의 숲속을 거닐다 보면 이런 청소년 새들을 쉽게 만난다.

흰배지빠귀 어린 새가 보인다. 낙엽을 뒤며 바지런히 먹이를 찾는다.

뜻대로 되지 않아 기분이 상했는지 나뭇등걸에 올라앉아 망연자실한 표정으로 나를 바라본다. 얼마 전까지만 해도 짹짹거리며 어미에게 먹이를 보채던 녀석이다. 어미가 매정하게 내쳤을 것이다. 어미가 가져다주는 먹이를 받아먹던 시절은 영원히 돌아오지 않는다. 이제 독립해야만 한다. 한참 쉬더니 다시 땅바닥에 내려와 낙엽을 뒤기 시작한다. 마침내 지렁이를 한 마리 잡아 꾸울꺽 삼킨다. 뭔가 어색하고 허술한 행동거지이지만 대견하다. 이제 곧 철새들이 이동할 시기이다. 처서 전후로 새들의 이동 조짐이 보이기 시작한다.

8월 하순. '모기 입도 비뚤어진다'는 처서이다. 들판을 날뛰며 맹위를 떨치던 무더위가 꼬리를 내리고 제 집으로 기어들어가는 시기이다. 8월 15일을 고비로 내리막길로 접어들던 날씨는 마침내 처서가 되면 조석으로 제법 선선해져서 일을 할 수도 있다.

이 무렵에는 가을 잎채소를 정식한다. 낮에는 여전히 뜨거워서 일하기 어렵다. 아침저녁 시원한 기운이 감돌 때 이랑을 만들고 잎채소 모종을 정식한다. 이때 심은 잎채소는 11월 하순까지 수확할 수 있다. 날씨만 도와준다면 12월 초까지도 신선한 채소를 얻는다.

▲ 열매채소

# 칠석의 천문을 읽다 - 대머리 까막까치의 전설

낮에는 불 지옥 속이지만 밤이 되면 산지는 시원해진다. 여름 방학 동안은 종종 텃밭에서 야영을 한다. 내 밭은 마을 뒷산의 동쪽 기슭에 자리 잡고 있다. 해가 산을 넘어 서쪽으로 가라앉으면 비탈을 타고 선선한 바람이 밀려 온다. 어둠의 밀도에 비례해서 습도가 높아진다. 헤드랜턴을 착용하면 공기 중에 가득한 안개 입자들이 보인다. 미세한 입자들이 빠른 속도로 산 아래로 미끄러지듯 내려간다. 머리카락이며 옷자락이 축축해진다. 기온이 떨어져 새벽에는 춥다.

시원한 밤하늘을 올려다본다. 팔월 한량이 되어 칠석의 천문(天文)을 읽는다. 견우와 직녀의 애틋한 사랑을 위하여 까마귀와 까치가 은하수에 오작교(烏鵲橋)를 놓았다.

이 무렵 까마귀과 새들을 유심히 관찰하면 머리숱이 휑해진 개체들이 빈번하게 눈에 띈다. 까마귀, 까치, 어치 등이 대머리가 되어 있다. 다가올 겨울을 대비해 벌써 깃갈이를 시작한 것이다. 추위가 닥치기 전에 일찌감치 여름옷을 벗고 따뜻한 겨울옷으로 갈아입는다.

우리 조상들은 까마귀과 조류의 생태를 보고 오작교의 전설을 만들어내었다. 까막까치가 오작교를 만들어주고 견우와 직녀의 발에 머리를 밟혀 대머리가 되었다는 이야기이다. 옛사람들은 오늘날의 우리들보다 훨씬 더 자연의 변화를 섬세하게 포착하고 친숙하게 수용하였음을 알 수 있다.

▲ 물까치

# 제비 이야기 - 떠나야 하는 자의 비애

처서 전후 조석으로 찬바람이 불기 시작하면 전깃줄 위의 제비 무리가 자주 눈에 띈다. 무리의 규모가 나날이 커져간다. 아마도 떠날 준비를 하는 모양이다. 번식기에 독립적으로 활동했던 가족들이 모여 수십 마리부터 백여 마리까지 다양한 크기의 집단을 이룬다. 이른 아침 전깃줄 위에 모인 제비들은 함께 날아오르고 재잘거린다. 무리는 며칠에서 몇 주에 걸쳐 단체 활동을 하며 얼굴을 익히고 팀워크를 다지는 듯하다. 9월 초까지는 무리의 규모가 점점 커지다가 이후부터는 줄어든다. 점점 규모가 줄어들다가 10월 초 한로 무렵에는 찾아볼 수 없다. 일찍 준비된 무리들이 먼저 떠나고 뒤늦게 번식한 새끼들은 충분히 비행훈련을 한 뒤 천천히 출발한다.

비애고지

김옥성

저 새들

비애의 고지 위에

줄지어 내려앉아
전별(餞別)의 노래 들려주네
비애고지 비애고지 비애고지 비애고지……

내 귀엔 무슨 다라니 같아
애별리고(愛別離苦)
원증회고(怨憎會苦)
구부득고(求不得苦)……
슬픈 경(經)이 풀려나오네

비애의 고지 위
저 새들
정든 집 버려야하네
서역(西域)의 별자리가
일러주는 길 나서야 하네
높게 날아올라 산맥을 넘고
바다도 건너고
섬마을 야자나무 아래를 낮게 날아서

떠나면
다시 만나는 날 있으리라고
비애고지 비애고지 비애고지……
슬픈 다라니 들려주는데

비애를 모르는 나

옛 집에 묶여
경을 뒤적이네
지지위지지 부지위부지 시지야
(知之爲知之 不知爲不知 是知也)

제비는 벼농사를 시작할 무렵 돌아온다. 봄날 잘 갈아놓은 논바닥에서 진흙과 지푸라기를 물어다가 처마 밑에 집을 짓는다. 여름에는 벼 논에 꼬이는 벌레들을 잡아주는 존재가 제비들이다. 제비는 농부와 함께 벼농사를 짓는 것이다. 벼농사가 끝나고 논이 텅 빈 가을. 농부들은 수확한 나락 가마니를 곳간에 들였다. 이제 제비들은 따듯한 남쪽으로 떠난다. 제비의 생체 사이클은 그렇게 전통 농경사회의 벼농사 주기와 겹친다. 한민족에게 벼농사가 차지하는 비중을 생각한다면 제비의 상징성은 더 이상 설명할 필요도 없다.

시골 한옥에서 성장한 사람들에게 제비는 친숙하고 각별한 존재이다. 농가에서 나고 자란 나도 예외가 아니다. 어린 시절 처마 밑에서 동거하는 제비 가족을 보면서 상상의 나래를 펼치고는 했다.

백석 시 「대산동」에 보면 제비의 지저귀는 소리를 "비애고지"로 적고 있다. 흔히 알려진 '지지배배'가 경쾌한 느낌이라면, "비애고지"는 왠지 처량하게 들린다. '지지배배'가 봄날 당도한 제비가 부르는 재회의 기쁨 노래라면, "비애고지"는 끝없이 떠돌아야 하는 유랑자의 비애처럼 다가왔다. 나에게 그 비애는 불교의 팔고(八苦)에서 말하는 인간의 고통과도 다르지 않다. 사랑하는 사람과 헤어져야만 하는 고통(愛別離苦), 미워하는 사람과 만나야만 하는 고통( 怨憎會苦), 얻고자 하나 얻을 수 없는 고통(求不得苦). 팔고 중에서 이 세 가지가 내게 특히 절실하게 마음에 와

닿는다. 사랑과 증오, 만남과 헤어짐, 욕망과 좌절. 여기에 삶의 고통과 비애가 함축되어 있다.

"지지위지지 부지위부지 시지야(知之爲知之 不知爲不知 是知也)"는 논어 위정편에 나오는 말로 "아는 것을 안다고 하고, 모르는 것을 모른다고 하는 것. 이것이 아는 것이다"라는 의미이다. 독음이 제비의 울음소리와 흡사하다. 옛날 서당 처마 끝에서 제비들이 지저귀면 스승이 제자들에게 '보라. 제비들도 논어를 읽지 않느냐'라고 훈계하였다고 한다. 제비의 지저귀는 소리가 마치 우리에게 무슨 훈계라도 하는 듯 느껴질 때도 있다. 자연의 가르침에 귀를 기울이고 잘 새겨들어야 한다.

▲ 떠날 채비를 하는 제비 무리

▲ 알밤을 먹는 다람쥐

# 가을 텃밭 일지

## 바삭한 낙원과 낭만적 고독

# 9월

## 다시 낙원으로

백로(白露)

추분(秋分)

# 가을 서곡 - 풀벌레 연주회

8월 중순을 고비로 미묘한 가을 기운을 느낄 수 있다. 조석의 선선한 공기가 가을이 다가오고 있음을 알려준다. 이 무렵부터 우렁찬 풀벌레 소리가 들린다. 그것은 지옥의 계절에 들려주는 낙원의 예언이다. 9월에 접어들면 이제 예언이 아니라 찬가이다. 풀벌레 소리로 인하여 숲속의 가을은 온전해진다.

등화가친(燈火可親)의 계절이다. 여름엔 등불도 멀리하지만, 가을엔 따스함을 찾게 된다. 이제 모닥불을 피워야 한다. 아궁이에 불을 지핀다. 눈으로는 저 살아 움직이는 정령같은 불꽃을, 그리고 귀로는 풀벌레의 오케스트라에 귀를 기울여야 한다.

농산물 가공을 위해 만든 간이 부엌이 있어서 가능한 일이다. 커다란 맷돌호박을 삶거나 두릅이나 나물을 데치기 위한 공간이다. 함석 판넬로 지은 가건물로 지붕과 벽체가 완벽하게 갖추어져 있다. 불씨가 전혀 빠져나가지 못하도록 설계했다. 화재 예방이 우선적으로 고려되었다. 이런 시설이 없다면 절대로 불을 지펴서는 안 된다.

9월에 접어들면 숲속의 밤은 풀벌레 연주로 꽉 채워져 숨이 막힐 지경이다. 봄에는 청개구리와 새들의 노래가 들녘에 출렁거린다면, 가을에는 풀벌레의 하모니가 넘실거린다.

이제 돗자리에 등을 대고 누워 밤하늘을 올려다본다. 아 저 별처럼 무수한 풀벌레들이 숲속에서 자신만의 목소리를 내고 있구나. 풀벌레 소리는 점점 더 높아져 간다. 그것은 바닷물처럼 출렁이며 차오른다. 나는 어느새 풀벌레 소리의 바다 한가운데 둥둥 떠 있다. 이 오케스트라의 단원들은 저 밤하늘의 별만큼 헤아릴 수 없다. 자세히 귀를 기울이면 단조로운 소리가 아니다. 갖가지 상상조차 할 수 없는 천상의 악기들이 숲속에 감춰져 있는 듯하다. 숲의 모든 곤충들은 천상의 악사들이다. 저 풀숲에서 별처럼 빛나는 음악이 흘러나온다.

모닥불을 피웠으면 고구마를 구워 먹는 일을 빼먹어서는 안 된다. 9월은 고구마가 아직 더 성장할 수 있는 때이므로 이르다. 하지만 몇 개 정도는 캐내어 구워 먹는 여유가 있어야 한다. 그것이 가을의 낭만을 북돋운다. 알이 좀 작으면 어떤가. 모닥불에 고구마를 구워 먹는다는 것 자체가 낭만이다.

여름엔 모닥불을 피워도 모기가 달려들지만, 9월의 저녁엔 모기가 거의 없다. 기온이 낮아졌기 때문이다. 8월 하순부터 일교차가 매우 커진다. 거의 15도 이상이 되는 경우가 많다. 새벽에는 15도 이하 낮에는 30도까지 오른다. 온도가 낮아지는 아침저녁으로는 모기가 활동하지 못하다가 낮에는 기운을 차려서 굶주림을 보상받기 위해 맹렬하게 달려든다. 아침에 모기가 보이지 않는다고 방심하고 있다가 낮에 기습 공격을 받는 일이 잦다. 기온이 오르면 모기를 대비해야 한다. 9월까지는 낮은 아직도 모기가 덤비는 여름이고, 조석으로는 선선한 가을인 것이다.

# 낙원의 열매, 무화과의 계절

숲과 들판을 둘러보면 고요함이 감돈다. 새끼를 기르느라 소란하던 여름 새들의 빈자리가 느껴진다. 이제 새끼들은 다 커서 뿔뿔이 흩어졌다. 잡목숲 아래에 되지빠귀 어린 새 한 마리가 보인다. 초췌한 모습이다. 어미가 매몰차게 내쫓았을 것이다. 이제 혼자서 험한 야생의 세계를 살아가야 한다. 스스로 먹이를 구하지 못하면 죽는다.

▲ 되지빠귀 어린새

9월부터 다시 낙원의 계절이 시작된다. 봄이 말랑말랑한 낙원이라면 가을은 바삭한 낙원이다. 봄 낙원에서는 모든 게 차오른다. 나무에 물이 차오르고, 짐승들과 사람들의 마음에도 생기가 차고 넘친다. 그러나 가을 낙원은 다르다. 가을 낙원에는 고독, 외로움, 쓸쓸함, 상실감이 감돈다. 그럼에도 불구하고 가을은 분명한 낙원이다. 쓸쓸함이 바스락거리는 낙원.

11월까지 이어지는 가을은 봄처럼 적당한 온도와 햇살, 습도가 어우러져 낙원의 기후를 선사한다. 흙을 일구고 거름 뿌리고 이랑 만들고 모종 심는 봄 낙원은 눈코 뜰 새 없이 바쁘지만, 가을 낙원의 계절에는 할 일이 별로 없어 여유롭다.

봄이 자연과 함께하는 노동의 즐거움에 도취되는 낙원이라면, 가을은 수확의 즐거움이 충만한 유토피아이다. 봄에 베리 수확이 쏠쏠하다면 가을에는 과일 수확이 짭짤하다. 여러 그루의 무화과나무와 한 두 그루씩 심어 놓은 사과, 포도, 머루, 다래, 으름 등의 열매를 맛보는 재미가 그만이다.

솔직히 다른 과일은 별로다. 사 먹는 게 낫다. 사과는 농약을 하지 않으면 거의 먹을 게 없다. 대부분 벌레 먹고 썩어 버린다. 포도는 벌레가 잘 먹지는 않지만 맛이 좋지 않다. 물 공급이나 비료가 충분하지 않아서일 것이다. 간혹 잘 익은 열매는 말벌 차지가 되어버린다. 사과나 포도는 마트에서 구입하는 게 여러모로 이득이다. 머루나 다래, 으름 등은 내가 좋아하는 과일은 아니다. '이런 맛이군'하는 정도의 맛보기로 재배할 뿐이다.

그러나 무화과만은 다르다. 사 먹는 무화과는 무화과라 하기 어렵다. 마트 무화과는 대체로 충분히 익지 않은 열매를 수확하여 판매하는 것이라 제맛이 나지 않는다. 무화과는 완숙된 열매를 나무에서 직접 따먹어야만 제맛이다.

남도의 웬만한 농가 마당에는 무화과나무 한두 그루가 있게 마련이다. 고향집 마당에도 커다란 무화과나무 한 그루가 있었다. 잘 익은 열매는 입 안에서 사르르 녹았다. 군것질거리가 많지 않았던 시골 소년에게 그것은 낙원의 맛으로 다가왔다. 그 맛을 잊을 수 없어 나는 텃밭에 무화과나무를 심었다. 그것도 품종별로 여남은 그루를 심었다.

▲ 무화과나무

처음엔 노지에 심었는데 한계가 있었다. 무화과나무는 열대성 작물이라 중부 노지 재배는 거의 불가능에 가까웠다. 겨울에 얼어 죽거나 월동 채비를 잘해주어서 살아남아도 열매가 늦게 달려 수확이 거의 불가능했다. 맛없는 몇 개를 겨우 수확하곤 했다. 고심 끝에 작은 비닐하우스를 지었다. 바닥 넓이 가로 7미터 세로 3미터의 작은 크기였다. 인터넷에서 구입하면 설치까지 해준다. 2019년 당시 재료비 70만원, 설치비 30만원 정도였다.

하우스는 성공적이었다. 운이 좋으면 8월 1일에 첫 무화과를 수확할 수도 있다. 매년 8월 1일에는 비닐하우스 안에 있는 열매들을 점검한다. 당일 수확을 못 해도 며칠 내 수확 가능한 열매를 확인할 수 있다. 8월의 수확은 이전 겨울 날씨의 영향을 많이 받는다. 따스한 겨울을 보낸 무화과나무는 8월부터 제법 많은 열매를 준다. 그러나 가혹한 한파에 시달린 나무는 회복이 느려 열매를 천천히 내놓는다. 8월에 익는 품종은 드물다. 도핀, 홀리어, 에이트리노, 루마니안 등 극조생 종 몇 품종에 불과하기 때문에 겨울 날씨가 포근했어도 수확이 많지는 않다.

무화과는 특이하게도 하과(夏課)와 추과(秋果)가 있다. 중부에서 수확하는 열매는 대부분 본열매인 추과이다. 하과는 브레바(breba)라고 하는데 지난해의 열매눈에서 맺힌 묵은 열매이다. 다시 말해 작년에 성장했어야 하는 열매눈이 늦잠을 자다가 올해 깨어나 익은 것이다. 따뜻한 남부지방에서는 7월에 상당량을 수확할 수 있지만 추운 중부에서는 어렵다. 다만 중부지방에도 비닐하우스 안에 묵은 가지를 남겨 보온을 잘 해주면 열매를 얻을 수 있다. 나도 운이 좋은 해는 하과를 몇 알 얻는다. 내 비닐하우스 안에서 하과는 대개 7월 하순이나 8월 상순에 익는다. 같은 나무에서 열려도 하과는 추과보다 맛이 떨어진다. 그러나 추과와는 다른 개성적인 맛이 있다.

추과 수확이 본격적으로 이루어지는 시기는 구시월이다. 이 시기에는 하우스 안뿐만 아니라 노지 무화과도 몇 개씩 맛볼 수 있다. 무화과 수확의 절정기라 여러 품종의 무화과 맛을 품평해 보기도 한다.

극조생들은 물론 하디시카고, 레드레바네스, 론데보르도, 롱다우트, 브런즈윅, 스트로베리베르테, 화이트 트리아나, 골드, 퍼플 등의 품종들이 쏟아져 나온다. 10월 11월에는 몬테네그로, 파나치, 바이올렛드소리에스(vds), 콜데다마블랑카(cddb)와 같은 만생종까지 합류하여 텃밭의 식탁이 풍성해진다.

무화과에는 수백여 가지의 품종이 있다. 품종마다 개성이 있다. 크기,

색, 맛, 향이 천차만별이다. 여러 품종의 열매를 반으로 가른 다음 단면이 위로 올라오도록 접시에 나열한다. 그야말로 형형색색이다. 무화과는 자연이 선사한 예술품이다. 엄지손톱 정도로 작은 것부터 계란 크기까지, 그리고 레몬색, 꿀색, 핑크색, 검붉은색 등 시각적 효과도 풍미를 돋우는 데 일조한다. 맛도 꿀맛, 복숭아 맛, 사과 맛, 배 맛, 감 맛 등 다양하다. 무화과나무를 품종별로 여러 그루 기르면 다른 과일이 그리 아쉽지 않다. 자연의 예술품을 맛보는 낙원의 계절은 11월까지 이어진다.

무화과 수확은 9월이 절정이고 그 다음 시월, 11월에는 수확량이 급격히 떨어진다. 기온이 낮아지면 잘 익지 않기 때문이다. 하지만 기온만 높다면 11월에도 제법 수확할 수 있다. 11월에만 수확 가능한 만생종 중에 맛이 기가 막힌 품종들이 많다. 미식가라면 수확량이 적어도 맛을 위해 기를 만하다. 그러나 생산량에 무게를 두는 분이라면 가급적 조생종을 추천한다. 조생종도 맛있는 품종이 많다. 조생종도 팔구월로 수확이 끝나는 것은 아니다. 팔구월에 시작해서 11월까지 수확이 가능하다. 따라서 조생종으로 다양한 품종을 심는 것이 경제적이다. 만생종은 여러 면에서 중부 산간에서는 기르지 않는 게 좋다. 단 미식가라면 얘기가 달라진다.

▲ 무화과 열매

# 비닐하우스 생태계 - 무화과 수호자들

비닐하우스는 무화과나무의 천국이다. 겨우 30센티미터의 그루터기가 여름이면 2미터까지도 웃자란다. 하우스 안은 정글이 되어버린다. 당연히 정글의 생명체들이 생겨난다. 우선 작은 벌레들이 들끓는다. 그것을 잡아먹기 위해 청개구리, 사마귀, 호랑거미 등의 육식 동물이 나타난다. 나는 이 포식자들을 '무화과 수호자'라 부른다. 청개구리와 사마귀는 널따란 이파리나 가지에 앉아서 먹이를 기다린다. 호랑거미는 주로 하우스 모서리나 무화과나무와 벽면 사이에 거미줄을 쳐서 사냥을 한다. 세 종류의 포식자 중에서 제왕은 사마귀이다. 사마귀는 작은 청개구리를 잡아먹기도 한다. 당연히 호랑거미도 잡아먹는다. 제법 덩치가 있는 청개구리나 나무에서 닿지 않는 곳에 거미줄을 친 호랑거미는 건드리지 못한다. 청개구리 서너 마리, 사마귀 너댓 마리, 호랑거미 대여섯 마리가 늘 경비를 서고 있으니 든든하다.

자명한 사실이지만 비닐하우스는 생태적인 설비는 아니다. 그러나 관리만 잘한다면 자연에 해를 비교적 덜 끼칠 수는 있다. 4-5년마다 교체

해야 하는 비닐의 분리수거와 재활용만 잘 된다면 지구에 끼치는 피해를 조금이라도 줄일 수 있으리라 믿고 싶다.

텃밭에서 봄이 가장 일찍 찾아오는 곳이 비닐하우스이다. 대체로 노지보다 한 달 앞선다. 2월에 접어들면서 풀이 제법 자란다. 쑥과 냉이 같은 식용 식물도 섞여 있다. 뜯어다가 반찬을 하면 여간 뿌듯한 게 아니다. 나물을 캐다보면 어느새 하우스 안은 봄 향기로 진동한다.

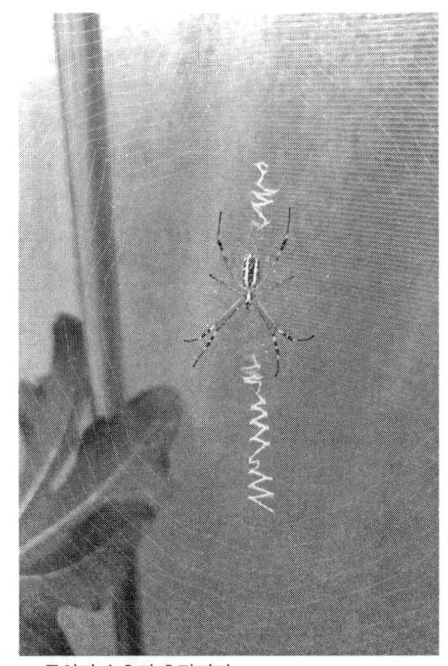

▲ 무화과 수호자 호랑거미

모르는 사람들은 흔히 하우스 안은 겨울에도 따뜻할 것이라 생각한다. 일부는 맞고 일부는 틀리다. 바깥 기온이 5도 정도밖에 되지 않아도 햇볕이 좋다면 하우스 내부는 30도 가까이 올라간다. 그런데 볕이 사라진 밤은 다르다. 밤에는 안이나 밖이나 거의 차이가 없다. 그렇기 때문에 보온을 해주지 않으면 하우스 안에서도 무화과나무가 얼어 죽는다. 보온 덮개, 비닐, 부직포 등을 총동원해서 따뜻하게 보호해주어야 이듬해 무화과나무가 답례로 열매를 잔뜩 내어주는 것이다. 동해를 심하게 입은 나무는 거의 열매를 주지 않는다.

# 10월

## 낙원의 전성기

한로(寒露)

상강(霜降)

# 가을의 꼭대기

시월. 가을이 깊어간다. 시월은 가을의 전성기이다. 들녘의 풍경이 드라마틱하게 바뀐다. 산과 들이 시시각각 초록에서 단풍으로 물들어가는 계절이라 눈이 즐겁다. 공기에서는 단풍의 달콤한 향이 묻어난다. 9월만큼 덥지도 않고 11월만큼 을씨년스럽지도 않다. 시원한 바람이 가을 숲의 향기를 뿌리고 지나간다. 산에 들에 과일들이 넘쳐난다. 직박구리와 물까치 같은 새들도 신이 나서 시끌벅적하게 짖어댄다. 색채와 향기와 먹거리와 소리로 풍요로운 달이다.

아침마다 제비 소리로 소란하던 전깃줄은 한로 무렵에 보면 어느새 텅 비어 있다. 제비들이 모두 떠나버린 것이다. 한로는 4월 초의 청명과 대칭된다. 철새들의 이동이 가장 활발한 시기이다. 한로에는 청명에 왔던 여름새들이 떠나가고 겨울새들이 찾아온다. 청명에 시원한 북쪽으로 올라가며 들렀던 나그네새들이 한로에 따뜻한 남쪽으로 내려가며 다시 방문한다. 한반도가 주요 이동 통로 중 하나라 철새들이 많이 지나다닌다고 한다.

▲ 가을 논의 백로

수확의 계절이다. 황금 들녘으로 트랙터가 지나가면 뻘밭이 드러난다. 왜가리와 백로들이 날아내려 개구리, 미꾸라지와 우렁, 수생 곤충들을 부지런히 쪼아먹는다. 점차 물새들이 들녘을 떠나가고 커다란 맹금이 출몰한다. 백로와 왜가리의 전신주 꼭대기를 말똥가리가 차지한다. 이따금 참매와 새매가 유유히 하늘을 선회하는 모습을 볼 수도 있다.

풀밭의 잡초들에도 이삭이 영글었다. 풀숲은 씨앗을 쪼며 떠들어대는 멧새들로 홍성스럽다. 나그네새와 겨울새, 텃새가 뒤섞여 있다.

# 고구마는 가족이다

시월의 가장 중요한 행사는 고구마 캐는 일이다. 중부지방에서 고구마는 대체로 시월 중에 캔다. 9월은 노동을 하기엔 아직 덥고 고구마 알이 약간 작을 수 있다. 11월에는 캐려고 미뤄두다가 자칫 서리라도 맞으면 낭패다. 서리맞은 고구마는 쉽게 썩는다.

중부는 역시 시월이 고구마 수확의 적기이다. 그러나 방심해서는 안 된다. 산지의 겨울은 성마르게 다가온다. 갑자기 기온이 급강하해서 고구마가 얼어버리면 낭패이다. 일기 예보를 주시해야만 한다. 가급적 시월 초중순 중에 캐내는 게 좋다.

먼저 고구마 줄기를 걷어내고, 멀칭 비닐을 벗겨낸다. 그런 일은 귀찮지만, 흙이 드러나자마자 기분이 좋아진다. 흙이 손에 닿는 느낌이 가슴 벅차다. 흙을 보고 만지고 냄새 맡는 즐거움이란 이루 형언할 수 없다. 땅속에서 수확물을 건져 올리는 기쁨은 충분히 노동의 고통을 압도한다.

아침에는 쌀쌀하지만 낮에는 해가 높이 솟아 볕이 좋고 기온이 올라 따스하다. 아침에는 움직이지 못하던 메뚜기들도 태양 에너지를 얻어

▲ 흰배멧새

폴짝폴짝 뛰어오른다. 날아다니는 녀석들도 있다. 잠시 허리를 펼 때마다 잘 익은 가을 풀숲에서 타닥타닥 모닥불 타는 소리가 쉴 새 없이 들린다. 바삭하게 마른 풀줄기가 갈라지는 소리, 잘 여문 씨앗 주머니 터지는 소리이리라.

멧새들이 계 탄 날이다. 마른 풀잎들이 흔들리고 멧새 소리가 소란하다. 노랑턱멧새, 흰배멧새, 꼬까참새……. 여러 종류의 멧새들이 어우러져 있다. 씨앗을 쪼느라 정신이 팔려 사람이 다가가도 좀처럼 달아나지 않는다.

아침 일찍부터 서두르면 하루에 다 캘 수 있다. 하지만 쉬엄쉬엄 여유를 부리며 조금씩 조금씩 며칠에 걸쳐서 캐는 것도 나쁘지는 않다. 고구마를 캐며 가을의 충만함을 온몸으로 느낀다.

고구마를 모두 거두어 몇 집에 조금씩 나누어 드리고, 나머지는 종이 박스에 담아 현관문 안쪽에 두고 겨우내 굽고 쪄서 먹는다. 고구마는 냉장고에 보관하면 냉해를 입어 상해버린다. 너무 덥지도 춥지도 않은 현관문 안쪽이 가장 확실한 보관 장소이다. 고구마 수확이 끝나면 마음이 한결 가벼워진다.

정돈된 고구마 박스를 내려다보면 어린 시절의 가족이 생각난다. 고향의 고구마 캐는 날은 가족 소풍이나 축제 같은 분위기였다. 선친께서는 11월 서리 내리기 직전 주말에 고구마를 캐기 위해 온 가족을 '신기등'으로 이끄셨다.

신기등은 하천 건너 산비탈에 있는 우리 밭이다. 1000여 평 되는 너른 밭이라 고구마, 감자, 옥수수, 수수, 조, 메밀 등 여러 가지 작물을 길러 먹은 곳이다. 고구마는 줄기를 꺾어 땅에 꽂고 물만 충분히 주면 살아난다. 고구마 줄기를 준비해뒀다가 비오는 날에 맞춰 심었다. 고구마 알이 굵어지기를 기다려 서리 내리기 직전에 수확했다. 서리를 피하려면 시기를 잘 맞춰야만 했다. 남부에서는 중부보다 심고 수확하는 시기가 거의 한 달 정도 더 늦다.

부모님과 형들은 고구마를 캐고 나는 고구마를 주워 모았다. 고구마는 예민한 작물이다. 상처가 나면 쉬 상한다. 상처가 나지 않도록 조심해서 캐야만 한다. 나도 부모님이나 형들처럼 캐고 싶었지만 나의 호미는 매번 고구마를 찍어버리곤 했다. 부족한 실력을 인정하고 수확물을 수습하는 역할을 하는 수밖에 없었다. 고구마 캐기나 줍기 모두 놀이 못지 않게 즐거웠다. 높고 맑은 가을 하늘, 맑고 투명한 햇살 아래의 붉은 황토밭은 포근한 놀이터였다. 무성한 고구마 줄기에 덮여있던 밭의 순수한 속살이 고스란히 드러났다. 부드럽고 푹신푹신한 황토흙이 손발에 닿는 감촉이 은혜로웠다. 흙에서는 깊고 구수한 향기가 배어났다.

신기등은 북동향의 산기슭에 있다. 저녁이 드라마틱하게 다가왔다. 해가 지자마자 기온이 급강하하면서 오들오들 떨렸다. 고구마 수확이 끝날 무렵에는 이미 사방이 어둑어둑해져 있었다. 마음이 급해졌다. 어머니와 우리 형제들은 모아둔 고구마를 서둘러 포대에 담았다. 아버지는 고구마 포대를 지게로 수레에 옮겼다. 밭이 도로에서 멀리 떨어져 있어 수레가 들어올 수 없었다. 밭에서 수레까지 여러 차례 오가며 져 날랐다. 아버지와 형들은 수레를 끌고 밀어가며 멀리 있는 다리를 건너 집으로 돌아왔다. 어머니와 나는 지름길인 징검다리를 건너 먼저 집에 와서 저녁을 준비했다. 어머니가 요리를 하는 동안 나는 아궁이에 불을 때는 화부 노릇을 했다.

고구마는 토굴에 보관하였다. 토굴은 황토로 된 뒤안 옹벽에 고구마 같은 뿌리 채소 보관을 위해 일부러 뚫은 것이었다. 그리 깊지는 않았지만 겨우내 저장고 역할을 잘해주었다. 토굴 안은 흙냄새, 곰팡이 냄새, 누룽지 냄새가 은근하게 감돌았다. 아늑한 분위기였다. 꼽등이가 무수히 많았다. 잡아도 잡아도 없어지지 않았다. 꼽등이를 잡아와 데리고 노는 것도 겨울철 재미나는 놀이 중 하나였다. 심심할 때마다 토굴에서 고구마를 꺼내 구워 먹고 쪄 먹고 튀겨 먹고 때로는 생으로 깎아 먹기도 했다. 밥처럼 질리지 않는 음식이 고구마였다. 한겨울 고구마는 소중한 식량이었다. 고맙고 고마운 작물이었다.

주말 농장에 여유가 있다면 고구마는 반드시 심어야 한다. 주말 농부에게 고구마만큼 만족도 높은 작물도 없다. 봄에 심어놓고 방치했다가 가을에 수확하면 그만인 작물이 고구마이다. 일단 활착이 잘 되면 거의 손이 가지 않는다.

다만, 봄에 모종이 활착하도록 신경을 좀 써주면 좋다. 다른 방법은 없고 초기에 주기적으로 관수를 충분히 해주면 활착에 크게 도움이 된다. 운이 좋아 비가 충분히 와서 흙에 습도가 높다면 관수도 필요 없다. 수확량에 연연하지 않는다면 모종 심는 날 물을 충분히 주고 방치해도 모종의 생존률이 저조하지 않다. 수확량이 중요한 사람이라면 활착되기까지 충분히 관수를 해주는 게 좋다.

고구마 모종은 뿌리가 약간 나온 줄기 토막이다. 고구마 줄기를 30센티 정도 길이로 잘라 밑부분을 며칠 물에 담가두면 뿌리가 나오는데 그게 고구마 모종이다. 보통 100개가 한단으로 만원 안팎이다. 이걸 다 심으면 몇 가구가 나누어 먹을 만큼 엄청난 양의 고구마를 수확할 수 있다. 고구마 모종은 더 이상 서리 걱정이 없을 때부터 심는다.

▲ 고구마 수확

# 어머니의 단감 농사와 새들

고향집 앞마당에는 수십 년 묵은 커다랗고 잘생긴 단감나무 두 그루가 서 있다. 매년 모양도 좋고 맛도 좋은 단감이 수백 개씩 주렁주렁 열린다. 특상품의 단감이다.

추석 때 고향에 내려가면 단감이 익어간다. 단내를 맡고 직박구리와 물까치가 모여든다. 떼로 몰려들어 소란을 떤다. 내가 소리를 치며 쫓으려고 하자 어머니께서 말리셨다. 홍시 몇 개만 집중적으로 먹고 단단한 감은 먹지 않는다는 것이었다. 관찰 결과 신기하게도 사실이었다. 맨 꼭대기에 홍시 하나가 달려있었다. 다른 감들은 모두 단단한 상태였다.

직박구리와 물까치가 날아와 홍시 하나를 두고 며칠 동안 나누어 먹었다. 다른 열매에는 부리를 대지 않았다. 홍시 하나를 다 먹으면 다른 홍시를 며칠 나누어 먹는 식이었다. 그 많은 새들이 홍시 하나를 어찌나 알뜰하게 파먹던지. 새들이 우리 집 감나무에서 먹는 감은 가으내 겨우 서너 개에 불과했다. 사람이 먹을 단감은 홍시가 되기 전에 수확하니 거의 피해가 없었다. 의외로 신사적인 새들이었다. 다른 농가에서는 새 때문에 농사를 짓지 못하겠다고 야단이던데. 어머니께서는 새들과 신사협정이라도 맺은 것일까.

▲ 단감과 새들이 먹은 홍시

# 방아깨비 구이 - 잡식 동물의 딜레마

시월에는 열매만 수확하는 게 아니다. 이 시기에는 메뚜기도 한철이다. 농사를 시작한 첫해 시월 어느 주말 느지막하게 텃밭에 출근했는데 웬 사람들이 페트병 하나씩을 들고 내 밭에서 뭔가를 열심히 줍고 있는 것이었다. 자세히 보니 줍는 게 아니라 잡고 있었다. 내가 다가가자 멋쩍게 웃으며 메뚜기가 많아 좀 잡았다고 하면서 황급히 달아났다. 마을 주민 일가족이 메뚜기를 잡고 있었던 것이다.

요즘은 제초제와 살충제를 과잉 살포하는 바람에 다른 곳에서는 메뚜기 찾기가 쉽지 않다고 한다. 이렇게 메뚜기가 많은 곳은 처음이라고 했다. 농약을 살포하지만 않으면 메뚜기의 개체수는 금방 늘어난다. 당연한 일이다. 알 구멍 하나에서 수십 마리가 부화하는데 내 밭에는 수백 개의 알 구멍이 있을 터이니 그 중에서 몇 페센트만 살아남아도 대집단이 되는 것이다. 내 밭에는 정말 메뚜기가 많다. 순식간에 페트병을 가득 채울 수 있을 정도다.

시골에서는 종종 방아깨비를 잡아 구워 먹었다. 먹거리가 적었던 시절 방아깨비 구이는 참 고소한 간식이었다. 벼메뚜기나 방아깨비 수컷은 작아서 간에 기별도 안 갈 것 같아 잡지도 않았다. 통통하게 살 오른 암컷 방아깨비 구이는 곤충 요리의 왕이었다. 소리울 텃밭에는 방아깨비도 많다.

나는 어린 시절 생각이 나서 암컷 방아깨비를 몇 마리 구워서 먹어봤다. 오랜만에 먹어서 그런지 별미였다. 역시 곤충 요리의 왕이다. 호기심에 벼메뚜기도 몇 마리 잡아서 구워 먹었다. 방아깨비보다는 못하지만 먹을 만은 했다. 조미를 잘해서 튀긴다면 아주 맛있을 것만 같았다. 채소나 기를 게 아니라 벼메뚜기와 방아깨비를 대량 사육해서 식량으로 활용한다면 어떨까. 소, 돼지나 닭 등에 비해 곤충이 훨씬 친환경적인 단백질 공급원이 된다고 한다. 그렇다면 생태 운동의 차원에서 나부터 곤충으로 육식을 대체해보면 어떨까. 가능할 법도 했다.

건강을 생각한다면 골고루 균형 잡힌 식사를 해야할 텐데. 육식은 자연 파괴에 일조를 하게 된다고 하니 어떻게든 육식을 줄이고 채식의 비중을 늘리는 방식을 고민하게 된다. 만약 곤충식이 자연에 조금이라도 도움 된다면 도전할 의향도 있다. 텃밭에 들끓는 메뚜기떼를 보면서 '잡식 동물의 딜레마'에 대해 고민해본다.

▲ 쑥새

# 메뚜기 이름 짓기

어린 시절 거의 풀밭에서 자랐다. 학교가 끝나면 염소나 소를 몰고 풀밭으로 나왔다. 풀밭의 주인은 메뚜기들이다. 메뚜기를 잡아서 데리고 놀기도 하고 구워 먹기도 했다. 메뚜기는 메뚜기목의 곤충을 두루 가리키는 말이다. 방아깨비, 벼메뚜기, 풀무치, 콩중이, 팥중이, 섬서구메뚜기 등 여러 종을 포함한다.

두 형과 나, 삼형제가 함께 풀밭에서 놀았다. 때로는 곤충학자 놀이도 했다. 풀밭에 뛰어다니는 갖가지 메뚜기들에 이름을 붙였다. 메뚜기들의 정확한 이름을 알지 못하니 나름 특징을 포착해서 명명했다.

섬서구메뚜기는 방아깨비와 비슷한 모양인데 아주 작은 축소판 같다. 그래서 우리는 섬서구메뚜기에게 꼬맹이 메뚜기라는 의미에서 '심부름꾼메뚜기'라는 이름을 지어주었다. 시골에서는 보통 꼬맹이들이 심부름을 전담하기 때문이다.

풀무치 약충은 머리는 커다란데 몸체는 수척하다. 마치 용달차 모양이다. 당시 용달차를 '지무시'라 불렀다. GMC, 즉 지앰 자동차라는 의미이다. 우리는 풀무치 약충의 공식 명칭을 '지무시'로 지정했다.

▲ 벼메뚜기

자전거 체인은 '찐줄'이라고 했다. '찐줄'이 회전할 때 '쭈르르'하는 특이한 소리가 난다. 그런데 날아다닐 때 '찐줄'과 유사한 소리를 내는 메뚜기가 있었다. 그것이 방아깨비 수컷이다. 우리는 방아깨비 수컷을 '찐쭈리'로 명명했다.

방아깨비 암컷은 분홍색, 갈색, 하늘색 등 여러 가지 색상의 변이가 있었다. 특성에 따라 고유한 명칭을 부여해주기도 했다. 그런 식으로 우리는 다양한 메뚜기들에게 개성적인 이름을 지어주었다. 형제들 중 생물학자가 된 사람이 아무도 없는 게 이상하다.

지금 내가 이런 글을 쓰고 있는 것은 어쩌면 생물학자의 꿈을 지닌 내면 아이의 명령 때문인지도 모른다.

# 11월

## 다가올 시련을 예감하며

입동(立冬)

소설(小雪)

# 낭만적 고독

11월은 나무들이 11자로 선다. 무성했던 잎들이 속절없이 떨어지고 숲은 수척해진다. 시월이 풍성한 가을이라면 11월은 메마른 계절이다. 고독의 계절이다. 가을의 고독은 낭만적이다. 추수가 끝나가는 들녘을 걷노라면 멋진 시가 술술 풀려나온다. 과학적으로는 일조량이 급격하게 줄어드는 탓에 기분이 울적해지는 것이라고 하지만 그런 건 내가 알 바 아니다. 가을 고독은 나의 내면을 풍성하게 해준다. 그거면 족하다.

11월은 마술 같다. 봄, 여름, 가을, 겨울이 공존하는 계절이다. 날씨가 포근하면 봄 같다. 철쭉, 개나리, 벚꽃이 착각하고 꽃을 피운다. 더운 한낮에는 여름처럼 반팔을 입고 다녀야할 정도인 날도 있다. 하지만 어김없이 단풍이 찾아오고 낙엽이 우수수 떨어진다. 기온이 급강하여 영하로 떨어지면 얼음이 얼기도 한다. 어떤 해에는 영하로 떨어지는 날이 거의 없는 포근한 봄 같은 때가 많다. 어떤 해는 일찍부터 서리와 눈이 내려 겨울이나 다름없다. 하순에는 몇 년에 한 번은 폭설이 내리기도 한다. 변덕스럽기 그지없는 달이다.

일교차가 절정에 달하는 시기이다. 새벽 기온이 많이 떨어져 에너지를 빼앗긴 곤충들은 꼼짝달싹하지 못한다. 이런 날은 아침에 밭에 나가면 움직이지 못하는 메뚜기들이 지천이다. 이따금 마을 주민들이 와서 페트병이나 비닐봉지에 주워 담아가기도 한다. 낮에 볕이 좋아 기온이 오르면 다시 뛰어오르는 녀석들도 있다. 아직까지 생명력이 왕성한 녀석들은 날아오르기도 한다. 추운 날은 낮에도 잘 움직이지 못한다. 저녁에 기온이 떨어지면 곤충들은 다시 얼음이 된다.

따스한 저녁에는 아직도 풀숲에서 풀벌레들이 교향악을 들려준다. 그러나 이 시기의 곤충들은 대체로 비참한 모습이다. 특히 사마귀같이 큰 곤충들은 너덜너덜해진 몸뚱이를 이끌고 가까스로 느릿느릿 기어 다닌다. 한 시절을 풍미했던 생명의 불꽃이 사그라드는 모습을 지켜보노라면 숙연해진다.

11월에 가장 큰 일은 월동 채비이다. 하순까지 마쳐야만 한다. 11월 중에는 간혹 영하로 떨어지는 날도 있지만 대체로 그 정도의 깜짝 추위로는 동해의 피해가 심하지 않다.

저온에 약한 늙은호박, 풋고추, 가지와 같은 열매채소의 끝물을 거두어들인다. 그런 것은 가벼운 일이다. 손이 많이 가는 월동 채비는 나무들 보온 작업이다. 나무들은 고마움을 안다. 추위에 약한 나무들을 보호해주면 이듬해 열매로 보답한다. 내가 가장 정성을 들이는 월동 작업은 무화과나무 보온이다. 우리 밭에서 무화과나무가 가장 저온에 취약하다. 아무런 조치도 취하지 않으면 뿌리까지 얼어서 죽어버리고 만다.

줄기를 바닥에서 30센티 이내로 남기고 강전정한다. 그 다음 이랑에 활대를 꽂는다. 활대 위에 보온 덮개와 비닐을 덮어준다. 이렇게 해도 줄기는 얼어 죽고 이듬해 뿌리만 살아남아 싹을 밀어올리는 경우가 많다. 무화과나무는 이렇게 매년 새 출발을 해도 잘 돌봐주기만 하면 열매를 내준다.

텃밭 여기저기를 돌아다니다 보면 뱁새와 멧밭쥐 둥지가 몇 개 눈에 띈다. 아 올해는 여기다가 둥지를 틀었었구나. 뱁새와 멧밭쥐는 둥지 트는 습성이 매우 비슷하다. 무화과나무 가지, 블루베리나무 가지, 돼지감자 줄기, 풀줄기 등 잎이 무성한 곳 사람 무릎 높이에 둥지를 틀어 감쪽같이 새끼를 치고 떠난다.

언제나처럼 딱새 수컷은 내 주변을 알짱거리며 내가 일하는 동안 노출된 지렁이며 거미 따위의 먹이를 줍는다. 하지만 겁이 많은 암컷은 낮 동안은 전혀 눈에 띄지 않는다. 주변이 어두컴컴해지자 마침내 암컷도 나타난다. 여름내 2차 번식까지 해서 새끼들을 키워 떠나보내고 부부만 남았다. 금슬 좋은 녀석들이다. 기특하다. 농막 처마 밑이나 모터실에서 잠을 청할 것이다.

서쪽 산에서 까마귀 소리가 요란하다. 몇 년 전까지만 해도 저 산은 까치들의 잠자리였다. 까치는 까마귀보다 훨씬 더 소란했다. 해질녘이면 약속이라도 한듯이 수십 마리의 까치들이 모여들었다. 깩깩 짖어대면서 날아오르고 춤추고 건너뛰고 그야말로 저녁마다 야단법석이었다. 아마도 낮 동안 있었던 일들을 떠들어대거나 아니면 좋은 자리를 차지하려고 신경전을 하거나 아니면 장난질을 하는 것이었으리라.

까치가 조금 더 농막 가까이에 자리 잡고 잘 보이는 곳에 자리했다면, 까마귀는 눈에 띄지 않는 깊은 산에 잠자리를 정했다. 보이지는 않고 소리만 요란하게 들린다. 까치들처럼 야단법석을 떨지는 않을 것이다. 까마귀는 까치보다는 품위 있고 점잖게 행동하는 짐승이다.

▲ 딱새

갑자기 골짜기에서 차가운 바람이 몰려온다. 놀란 듯이 수리부엉이가 숲에서 우후훙 짖는다.

주변을 둘러본다. 둠벙에 물이 충만하게 차올랐다. 다른 물풀들은 서리에 쓰러져 노랗게 말라버렸는데 미나리는 새순을 올려 파랗다. 반찬을 만들기 위해 조금 뜯는다. 미나리는 봄부터 여름까지 계속 반찬을 내어준다. 머위도 마찬가지이다. 돌아보니 머위밭에도 새순이 파랗다. 머위는 봄에 한번 가을에 한번, 한 해에 두 번 새순이 난다. 따라서 봄가을에 새순을 따서 나물을 무쳐 먹는다. 여름에는 줄기를 꺾어 탕을 끓이거나 나물을 무친다. 미나리와 머위만큼 실속 있는 채소도 드물다. 이 두 가지만 있어도 봄부터 가을까지 식탁에 푸성귀가 넉넉하다. 여건이 된다면 주말 농장에 미나리꽝과 머위밭을 마련해두기를 권한다.

# 어치는 앵무새 - 예수님 말씀도 듣지 않는

공중의 새를 보아라. 씨를 뿌리지도 않고, 거두지도 않고, 곳간에 모아 들이지도 않으나, 너희의 하늘 아버지께서 그것들을 먹이신다. 너희는 새보다 귀하지 아니하냐? 너희 가운데서 누가, 걱정을 해서, 자기 수명을 한 순간인들 늘일 수 있느냐?

-『마태복음』 6: 26 - 27.

까마귀, 까치, 물까치, 어치 등이 모두 까마귀과의 새들이다. 이들은 공통적으로 지능이 매우 높다. 깃 색이 화려하기로는 이 중에서 어치가 최고이다. 적갈색, 황갈색, 푸른색, 회색, 흰색, 검정색 등 다양한 색이 어우러져 있다. 인가 근처에서 활동하기는 하지만 신중해서인지 까마귀과의 다른 종들에 비해 눈에 잘 띄지 않는다. 어치는 고양이 소리, 말똥가리 소리 등 다양한 소리의 모방에 능한 새이다. 집에서 기르면 사람 목소리도 흉내 낸다고 한다. 우수한 모방 능력은 높은 지능을 의미한다. 말 잘하고 똑똑한 새의 대명사가 앵무 아닌가. 어치는 가히 한국의 앵무새이다.

밤, 도토리가 떨어지는 가을이면 다람쥐는 열심히 물어다가 굴속에

저장한다. 겨울잠을 자다가 배가 고파 깨면 조금씩 꺼내먹는다. 겨울잠을 자지 않는 청설모는 땅바닥을 파서 여기저기 먹이를 묻어 둔다. 먹이가 부족한 추운 겨울을 대비한 현명한 행동이다. 이런 저축 행위를 포유류만 하는 것은 아니다. 새 중에도 저축하는 종이 있다. 어치가 대표적이다. 어치는 청설모와 비슷한 방식으로 먹이를 비축한다. 기억력이 좋기로 유명한 어치는 상당히 많은 먹이를 겨울 동안 찾아 먹는다고 한다. 놓친 열매는 싹이 터서 훌륭한 나무로 자라난다. 어치와 참나무는 공생 관계이다.

비축하지 말라고 하셨거늘. 이 녀석은 예수님 말씀을 잘 듣지 않는 것일까?

사실 그렇지 않다. 예수님은 저축하지 말라고 하신 말씀이 아니다. 쓸데없는 걱정을 하지 말라고 하신 것이다. 어치는 걱정하지 않고 행동으로 미래를 대비하는 현명한 새이다.

▲ 어치

# 때까치의 선물 - 도살자 부세팔로스

겨울이 다가올수록 많은 새들이 보인다. 점점 낙엽이 지고 풀잎이 시들어가면서 엄폐물이 사라지기 때문이다. 그리고 또 먹이 구하기가 어려워지면서 새들이 대범해지는 까닭도 있다.

개구리 사체가 보인다. 성마르게 낙엽을 떨구고 앙상해진 자두나무 가지에 개구리 사체가 꽂혀있다. 이런 건 대체로 때까치의 소행이다.

때까치는 직박구리보다는 작고 참새보다는 큰 새이다. 까치와는 거리가 멀다. 참새목 때까치과에 속하는 비교적 작은 새이다. 그러나 올빼미, 매나 수리와 비슷하게 육식성 조류이다. 맹금의 속성을 거의 모두 지니고 있는 작은 맹금이라 할 수 있다. 휘어진 부리 끝, 치상돌기(이빨 모양 돌기) 등 매부리의 특성을 갖추고 있다.

때까치의 학명이 라니우스 부세팔로스(Lanius bucephalus)이다. 라니우스는 라틴어로 백정(도살)이라는 뜻이며, 부세팔로스는 알렉산더 대왕의 악명 높은(풍문에 따르면 사람도 잡아먹는다는) 애마 이름이다. '도살자 부세팔로스'라니! 이름부터 섬뜩한 새인 것이다. 이 녀석의 행태도 학명 못지않게 저돌적이고 잔인무도해 보인다.

▲ 때까치

10년 간 텃밭에 농약을 하지 않았더니 다양한 생명체들이 모여들었다. 먹이가 늘어나니 때까치도 찾아왔다. 때까치는 쥐, 새, 양서류, 파충류, 곤충 등 가리지 않고 잡아 먹는다. 고작 성인 남자 주먹 정도 크기이지만 자기 몸집보다 훨씬 큰 동물까지도 먹이로 삼는 전사 중의 전사이다. 때까지의 특이한 습성 중 하나가 먹이를 찢어서 나뭇가지에 걸어두거나 가시에 꽂아두는 것이다. 마치 자신이 도살한 생명체들을 전시하듯이. 이런 행태가 때까치를 잔학무도해 보이게 한다. 덩치 큰 맹금들에 비해 먹이를 고정하는 다리 힘이 약해 그런 습성을 갖게 되었다고 한다. 가시나 나뭇가지에 먹이를 고정하고 찢고 뜯어 먹는 방식으로 진화한 것이다. 나무 위에 고정시켜 보관한 먹이는 대체로 비상식량으로 사용되지만, 때로는 마음에 드는 친구에게 선물하기도 한단다.

그가 어느 가을날 내가 좋아하는 자두나무에 잘 손질한 개구리를 꽂아두고 갔다. 그가 내게 주는 선물일까?

# 황조롱이 - 하늘의 치타

11월의 들녘을 걷는다. 대부분의 논이 텅 비었다. 내 마음에는 커다란 공허가 들어 선다. 논과 습지의 주인이던 백로들은 눈에 띄게 수가 줄고 커다란 맹금이 하늘을 선회한다. 이따금 맹금들의 공중전도 구경할 수 있다. 영역 다툼이다. 잠시 내려앉아 배를 채우고 쉬다가 바다 건너 동남아시아나 호주까지 날아가야 하는 나그네새들도 보인다.

작년 이맘때 저 들판의 주인은 커다란 말똥가리였다. 그러나 올해는 주인이 바뀌었다. 비둘기 정도 크기의 황조롱이가 말똥가리의 전신주 위에 앉아있다. 황조롱이는 눈물선이 있어 치타와 얼굴 모양이 흡사하다. 날렵한 체구나 순발력의 면에서도 맹금계의 치타라 할 수 있다.

뒤늦게 말똥가리가 나타나 하늘을 선회한다. 황조롱이가 경고음을 요란하게 울리면서 출격한다. 공중전이다. 황조롱이는 덩치가 두세 배는 족히 커 보이는 말똥가리를 끈질기게 따라다니며 괴롭힌다. 말똥가리는 귀찮아하며 먼 하늘 어딘가로 몸을 숨긴다.

황조롱이는 전깃줄 위에 앉아 논바닥을 주시한다. 가을걷이가 끝난 논바닥은 먹을 게 지천이다. 낟알, 우렁이, 미꾸라지, 갖가지 곤충들…….

먹이를 찾아 분주하게 달리는 생쥐 한 마리가 눈에 들어온다. 황조롱이가 급강하한다. 순식간에 생쥐 한 마리를 채어 올라온다. 전깃줄 위에서 먹이를 손질하다 마땅치 않았는지 전봇대 위로 자리를 옮긴다. 작은 생쥐 한 마리를 알뜰히 먹어 치우고는 만족스러운 표정으로 휴식을 취한다.

▲황조롱이

# 겨울 텃밭 일지

## 아름답고 가혹한 동화의 나라

# 12월

## 겨울 손님들

대설(大雪)

동지(冬至)

# 동장군이 찾아오다

12월에 들어서면 도시인들은 마음이 바빠진다. 벌써 한 해가 저물어 가다니! 도대체 지난 1년 동안 나는 무엇을 했단 말인가! 11월 하순부터 조급하게 시작된 송년회에 찾아다니다 보면 12월은 순식간에 지나가 버린다. 크리스마스와 신정이 지나고 나서 정신을 차려보면 12월 한 달이 휘발해버린다. 도시인들에게 12월은 홀린 듯 빠듯한 달이다. 설이 1월에 든 해는 더욱 정신없다. 송년과 신년을 핑계로 한 각종 모임, 크리스마스, 신정, 설날, 정월 대보름 등이 눈보라처럼 휩쓸고 지나간다. 춥고 외로울 겨를이 없다.

옛사람들은 지루한 겨울을 견디기 위해 축제를 마련해야만 했을 것이다. 동지나 설날, 정월 대보름, 크리스마스는 지겹고 심심한 겨울의 삶에 활력을 불어넣기 위해 마련한 축제였으리라. 모든 근심에서 벗어나 오롯이 즐기는 데에 몰입할 수 있는 축제다운 축제는 오직 겨울에만 가능하다. 겨울 축제야말로 진정한 축제이다. 그것은 삭막한 겨울을 따뜻하고 풍요로운 기억으로 변환해 준다.

옛사람들의 겨울 축제는 살아있는 자연과 함께 하는 것이었다. 설날

▲ 억새

은 흰눈이 소복한 오솔길을 밟고서 친척집을 찾아가 세배를 드리고, 산소에 올라가 성묘를 올렸다. 정월 대보름에는 논 가운데에서 달집을 태우며 묵은 것을 불태우고 새 봄을 맞을 준비를 했다. 자연의 변화를 즐기는 축제였다. 그러나 오늘날의 축제는 자연과 현실로부터 소외된 화려함이다. 축제 속의 사람들은 자기 자신으로부터도 소외된 듯하다. '망년회(忘年會)'라는 말이 있듯이 모든 걸 잊기 위한, 현실로부터 스스로를 소외시키기 위한 것인지도 모른다.

나는 원래 모임을 별로 좋아하지 않았지만, 텃밭 농사를 시작하면서부터 연말연시의 소란한 모임을 더욱 멀리했다. 자연 속에서 고요히 한 해를 돌아보고 싶었다. 그리고 겨울의 시작을 몸으로 체험해 보고 싶었다. 겨울은 어떻게 다가와 어떻게 스며드는가.

텃밭의 12월은 문명 세계와 다르다. 고요와 안식의 달이다. 월동 준비를 끝내고 나면 밭에서는 할 일이 거의 없다. 몸과 마음이 여유로워진다.

땅이 꽝꽝 얼어붙기 때문에 일을 하고 싶어도 할 수 없다. 강제 휴식에 들어가는 것이다. 마음이 느긋해지고 주위의 풍경들이 눈에 잘 들어온다.

발밑 풀밭을 자세히 들여다보면 키 작은 풀들이 초록을 간직하고 있다. 초록은 불멸이다. 텃밭에도 마찬가지이다. 최강의 초록들은 여전히 생명력을 과시한다. 아침이면 토끼풀이나 방풍 같은 나물의 새파란 잎이 된서리를 뒤집어쓰고 있다. 얼음 결정이 초록의 잎들을 한 장 한 장 예술품처럼 수놓는다. 몸을 낮춘 풀들은 이대로 초록을 간직한 채 겨울을 난다.

고개를 들어보면 들녘은 온통 갈색이다. 군데군데 아담하게 솟은 억새 군락의 하얀 갈기가 한들한들 흔들린다. 억새는 겨울 들판의 꽃이다. 사막 한가운데 솟은 오아시스처럼 쓸쓸하면서도 풍성하고 신비로운 모습이다. 삭풍이 몰아칠 때마다 낙엽이 휩쓸려 새 떼처럼 날아오른다. 억새의 갈기가 세차게 휘날린다.

곳곳에 새들의 둥지가 보인다. 아 여기다가 둥지를 틀었었구나! 의외로 가까운 곳에 있었다. 떨기나무 숲속, 울타리의 자두나무 가지 위에, 농로 가의 단풍나무 가지 위에, 오솔길 위로 뻗은 고로쇠나무 가지 위에……. 무성한 나뭇잎에 감춰져 보이지 않던 둥지들이 훤하게 드러나 있다. 주로 흔히 보이는 뱁새, 직박구리, 물까치, 멧비둘기, 지빠귀류 등의 둥지이다.

봄부터 소란스럽게 또한 조심스럽게 짝짓기하고 둥지를 틀고 알을 낳고 품고 먹이를 물어 나르며 새끼들을 길렀을 것이다. 저 둥지에서 태어난 새끼들은 모두 무사히 자라났을까? 강건한 성체로 자라나 겨울을 무사히 날 수 있을까? 야생의 세계에서 생명체가 천수를 누리기는 쉽지 않다. 알 상태일 때부터 약탈당하기 시작해서, 둥지에서 벗어난 직후, 첫해의 겨울 등 많은 고비가 기다리고 있다. 첫 번째 겨울을 이기고 살아남은 녀석은 강건한 성체로 천수를 누릴 가능성이 높아진다.

겨울은 새뿐만 아니라 많은 생명체들에게 수난의 계절이다. 그런 점에서 겨울잠을 자는 동물들이 부럽다. 참나무 숲을 뛰어다니던 다람쥐와 내 텃밭을 누비던 멧밭쥐는 겨울잠을 잔다. 땅 밑으로 굴을 뚫고 낙엽이나 풀잎으로 아늑한 잠자리를 만든다. 춥고 긴 계절 내내 안락한 침실에서 길고 깊은 잠에 빠져든다. 생각만 해도 마음이 푹신해진다. 남들은 사투를 벌이는 혹한의 계절 내내 추위와 굶주림과 싸울 필요가 없다. 놀라운 생존 기술이다.

캘리포니아의 어떤 생물학자가 동면하는 쏙독새를 연구한 기록이 있다. 동면하는 새가 있기는 하지만 매우 희귀하다고 한다. 당연히 우리나라에서는 겨울잠 자는 새를 볼 수 없다. 대체로 우리 겨울 산천의 새들은 추위와 굶주림과 사투를 벌여야만 한다. 굶주림은 곧 죽음이다. 겨울에는 죽음의 신이 가까이 머물다가 순식간에 생명을 삼켜버린다. 달리 방법이 없다. 부지런히 먹이를 찾아 열량을 보충해야만 한다. 쉴 시간이 줄어든다. 당연히 다른 계절보다 새들의 활동 시간이 늘어나기 때문에 눈에 자주 띈다. 뿐만 아니라 앙상해진 숲은 더 이상 새들을 숨겨주지 않는다. 무성한 나뭇잎과 풀숲에 숨어서 노래하던 새들의 모습이 이제는 환하게 드러난다. 먹이를 구하느라 필사적이기 때문에 새들도 애써 몸을 숨기려 하지 않는다. 따라서 겨울만큼 새를 관찰하기 쉬운 계절도 없다.

한여름의 새들은 대개 아침과 해질녘에 잠깐 활동하고 한낮에는 주로 쉰다. 먹이가 풍족해서 굳이 불볕더위 속에서 먹이활동을 할 필요가 없는 것이다. 하지만 먹이가 부족한 겨울에는 한낮에도 들길 여기저기에

▲ 눈 내리는 겨울 풍경

서 먹이 활동하는 새들과 조우한다. 특히 겨울 철새 무리가 쉽게 눈에 띈다. 되새, 콩새 등과 같이 작고 예쁜 새들 수십 마리가 떼지어 다니며 나뭇가지나 전깃줄 위에 앉아 쉬거나 경계하다가 풀밭이나 유실수에 내려앉아 먹기를 반복한다. 밀화부리도 큰 무리를 이루어 월동한다.

맹금도 쉽게 만날 수 있다. 덩치 큰 맹금들이 겨울을 따라 먹이를 따라 내려온 것이다. 겨울 들녘에서는 맹금이 사냥하는 장면을 어렵지 않게 목격할 수 있다. 텃새인 황조롱이나 겨울새인 말똥가리가 논 가운데 전신주 위에 가만 앉아 기다리다가 먹잇감이 보이면 급강하하여 낚아채는 모습이 자주 보인다. 참매나 새매가 하늘을 선회하다가 표적을 향해 돌진하는 장면도 흥미진진하다. 맹금들 사이에서 종종 벌어지는 공중전도 볼 만하다.

12월의 텃밭에서 가장 축복받는 손님은 첫눈이다. 쌓이지 않는 것은 첫눈이 아니다. 온 세상을 하얗게 뒤덮는 첫눈이 내려야 비로소 온전한 겨울이다. 눈이 겨울을 겨울답게 만들어준다. 눈 이불이 추운 겨울 들판을 포근하게 감싸준다. 굴속의 다람쥐와 멧밭쥐도 눈 이불을 한 겹 더 덮고서 더욱 깊고 아늑한 잠에 빠져든다. 나무와 다년생 잡초의 뿌리도 눈

이불 밑에서 꼼지락거리며 깊고 긴 꿈을 꾼다.

눈 쌓인 벌판에는 또 다른 볼거리가 생긴다. 멧토끼, 족제비, 너구리, 오소리, 멧돼지 등과 같은 포유류의 발자국이다. 간혹 우연히 마주치게 되는 일도 있지만, 매복하고 기다리지 않는 이상 나 같은 주말 농부가 이런 동물들을 직접 볼 기회는 많지 않다. 깊은 숲속에 살거나 야행성이거나 조심성이 많기 때문이다. 간혹 눈 위에는 사투의 흔적도 남는다. 붉은 혈흔, 짐승의 털, 어지럽게 끌리고 쓸린 자국……. 생과 사가 교차한 지점이다. 눈 위의 흔적을 보면서 생각보다 많은 포유류가 텃밭 주변에 서식한다는 사실을 비로소 알게 된다. 이런 흔적들을 추적하다 보면 상상력은 나를 동화의 나라로 이끈다. 내가 잠든 동안에도 숲에서는 신비롭고 아름다운 혹은 처절하고 가혹한 생명의 이야기가 전개된다.

▲ 소리울 앞산 겨울 풍경

# 샬롯의 성탄 엽서

크리스마스를 앞둔 어느 날 텃밭을 찾았다. 동화의 나라처럼 온 세상이 하얀 눈으로 덮여 있었다. 동심에 젖어들 수밖에 없었다. 아무도 밟지 않은 숫눈을 밟으며 시간 가는 줄도 모르고 들녘을 헤맸다. 마침내는 체온이 떨어져 으슬으슬 추웠다. 황급히 밭으로 돌아와 비닐하우스 안으로 들어갔다. 쨍한 햇볕에 공기가 따듯하게 데워져 있었다. 우연히 귀퉁이의 거미줄이 눈에 들어왔다. 눈이 번쩍 뜨였다. 글씨가 적혀 있다!

어? Merry Christmas! 인가?

분명 거미줄에 글씨가 적혀 있었다. 샬롯이 나에게 남긴 성탄 엽서인가? 동화 『샬롯의 거미줄』이 떠올랐다. 동심이 나를 동화의 세계로 이끌었다.

농장에 가장 흔한 거미가 호랑거미이다. 호랑거미는 덩치가 크고 색도 화려해서 눈에 잘 띈다. 거미줄에 무늬를 그리는 게 녀석들의 특기이다. 언뜻 보면 무슨 글자 같기도 하다. 지그재그의 무늬이기 때문에 알파벳 I,M,N,W 등과 같이 보인다. 크리스마스에 대한 기대와 동심이 'Merry Christmas!'라는 착시를 만들어 낸 것이다.

▲ 샬롯의 성탄 엽서

E.B. 화이트도 이런 무늬를 보고 '샬롯의 거미줄'을 생각해냈을 것이다. 『샬롯의 거미줄』은 농장 거미 샬롯과 돼지 '윌버'의 우정을 그린 동화이다. 샬롯이 거미줄로 글씨를 써서 윌버의 목숨을 구해준다는 얘기이다. 한해살이인 샬롯은 윌버의 목숨을 구해주고는 자연의 이치에 따라 죽지만, 그 자손들이 대대로 윌버와 우정을 이어간다는 흥미로운 얘기이다.

나는 어린 시절 그 동화를 접한 뒤부터는 거미가 예사롭게 보이지 않았다. 물론 시골 농가에서도 예부터 거미를 상서롭게 여겨서 함부로 죽이지 못하게 하였다. 동서고금을 막론하고 거미는 인류와 공생하는 유익한 생물로 여겨져 왔다.

비닐하우스를 설치한 첫해부터 호랑거미가 안에다가 집을 짓고 벌레를 포획하기 시작했다. 자연의 일이란 언제나 신비롭다. 방충망까지 둘러쳐진 조그마한 비닐하우스에 어떻게 들어왔을까. 날벌레들이 무수히 날아들었고, 그것들을 잡아먹기 위해 호랑거미까지 들어와서 생태계를 빚어낸 것이다. 호랑거미는 맹충(猛蟲)이다. 호랑거미의 거미줄에는 무수히 많은 날벌레가 걸려들었다. 거미줄에는 늘 곤충 껍데기가 걸려있고 바닥에도 찌꺼기들이 잔뜩 떨어져 있다. 엄청난 배설물로 주변이 지저분해진다. 녀석은 금세 덩치가 성인 남성 엄지손가락 한 마디만큼 커다랗게 불어났다. 괜히 호랑거미가 아닌 것이다. 물론 노랑과 검정으로 이루어진 호랑 무늬 때문에 붙여진 이름이겠지만, 덩치와 행태도 당연 거미계의 호랑이라 할만하다. 녀석은 비닐하우스의 듬직한 수호자였다. 나는 녀석에게 '무화과 수호자'라는 작위를 내렸다. 무화과 농사가 잘된 데에는 무화과 수호자의 덕도 아주 컸다고 생각한다.

추위가 닥치자 수호자는 사라졌다. 나는 그가 남긴 낡은 거미줄과 알주머니를 건드리지 않았다. 이듬해 봄 알주머니에서는 무수히 많은 새끼 거미들이 깨어났고 많은 수는 밖으로 빠져나가고 또 많은 수는 비닐하우스 안에 남아 무화과를 지켜주었다. 매년 그런 사이클은 반복된다.

어떤 이유인지는 정확히 알 수 없으나 비닐 하우스 안은 글씨를 잘 쓰는 호랑거미 차지이다. 호랑거미와 생김새나 크기가 비슷한 무당거미가 하우스 안에 자리 잡는 일은 한번도 없었다. 물론 하우스 밖 여기저기에는 호랑거미와 무당거미가 그물을 치고 텃밭을 돌보아 준다.

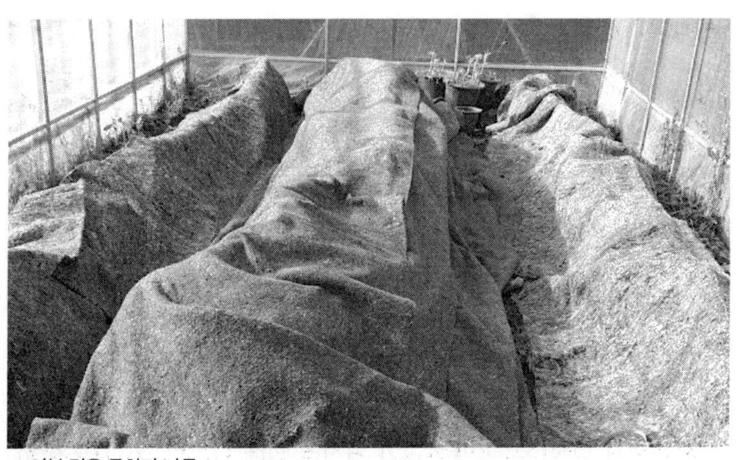

▲ 이불 덮은 무화과 나무

# 들녘의 제왕 말똥가리

겨울이 깊어간다. 초록이 온전히 자취를 감춘 들녘은 삭막하기 그지없다. 그러나 귀를 기울여보면 살풍경 속에서 생명의 소리가 약동한다. 겨울 철새의 노래가 마른 풀숲에서 조근조근 들려온다. 말똥가리도 먹이 새를 따라 남하했다. 이제 내 겨울 들녘의 제왕은 말똥가리이다. 이 계절에는 다양한 맹금과 쉽게 조우할 수 있지만 가장 눈에 잘 띄는 것은 당연 말똥가리이다. 기품 있게 하늘을 선회하는 모습과 독특한 울음소리 때문인지도 모른다.

저 말똥가리는 전신주와 일체가 되어 멀리서 보면 거의 눈에 띄지 않는다. 어쩌다 사람이 가까이 다가와 귀찮게 하면 솔숲으로 숨어버린다. 가끔씩 하늘 높이 날아올라 '삐이 - 요 삐이 - 요'하는 높고 날카로우면서도 을씨년스러운 소리를 낸다. 영화에서 종종 들어볼 수 있는 개성적인 소리이다.

솔숲에서 튀어나온 말똥가리가 전신주 위에 앉는다. 자리를 잡더니 사방을 천천히 두리번거리며 먹잇감을 찾는다. 맹금의 눈빛은 여유롭다. 초조가 깃들 자리가 없는 강자의 여유가 느껴진다. 그러나 360도 주위의 아주 미세한 움직임까지 하나도 놓치지 않는다. 십여 분 정도의 시간이 지났을까. 갑자기 움직임이 경쾌해진다. 움츠렸던 몸을 펼친다. 온몸의 깃털에 활기가 돈다. 레이더에 뭔가 포착된 것이다.

엉덩이를 치켜들자 하얗고 풍성한 솜털이 드러난다. 목화꽃처럼 탐스러운 속곳이다. 새하얀 솜뭉치 사이로 순식간에 희고 걸쭉한 물똥이 물총을 쏘듯 뿜어져 나온다. 새들은 종종 날아오르기 직전 똥을 싼다. 조금이라도 몸무게를 줄이기 위한 반사적인 행동이다.

가볍게 논바닥으로 날아내린다. 순식간에 크고 통통하게 살이 오른 시궁쥐 한 마리를 채어 날아오른다. 바로 옆 전신주 꼭대기에 착륙한다. 날카로운 발톱이 심장에 구멍을 뚫었다. 피가 뿜어져 나와 전신주를 타고 주르륵 흘러내린다. 아직 살았는지 찍찍 소리를 낸다. 죽어가는 자의 애처로운 눈빛과 마주친다. 속수무책으로 구원을 간구하는 눈빛이다.

숨이 완전히 끊어지기를 기다리는 것인지 안전을 확인하는 것인 먹이를 발에 쥔 채 말똥가리는 2-3분간 천천히 주위를 살핀다. 생명의 불꽃이 사그라들고 고요해지자 먹이를 뜯기 시작한다. 5-6분에 걸쳐 천천히 조금씩 찢어 먹는다. 먹이를 다 먹어갈 무렵 까치 두 마리가 나타나 귀찮게 하자 남은 부분을 꿀꺽 삼켜버린다. 꼬리는 물론 발가락 하나, 발톱 하나도 남김이 없다. 그 크고 잘생긴 쥐는 이제 이 세상에서 사라져버렸다. 그의 흔적이라곤 전신주를 타고 흘러내린 핏자국뿐이다. 그러나

그의 DNA를 공유한 생명체들이 저 들녘을 오랫동안 누빌 것이다. 저 맹금의 육신도 때가 되면 누군가의 먹이가 되어주리라. 생태계에서 선과 악은 없다. 다만 생과 사가 있을 뿐.

▲ 말똥가리

# 1월

## 혹한 속의 생명

소한(小寒)

대한(大寒)

# 아름답지만 가혹한 계절

연말연시는 대체로 가족들과 오붓한 시간을 갖는다. 생업과 주말 농부라는 두 가지 일자리를 가지고 있는 내가 이런 시간을 갖기는 쉽지 않다. 겨우 1년에 한번이니 실컷 먹고 마시고 뒹굴며 게으름을 피우려고도 해본다. 잘 보지 않는 텔레비전과 영화도 본다.

그러나 며칠 동안 종일 집안에 머무는 일은 정말 힘들다. 확실히 집안에서 뒹구는 것은 내 체질이 아니다. 몸이 축나는 게 느껴진다. 역시 연구실에 나가 책 읽고 글 쓰거나 야외에서 자연을 누비는 게 내 적성에 맞다.

신정이 지난 뒤 첫 번째 주말을 전후해서 나는 텃밭에 새해 첫 출근을 한다. 1월 상순에는 소한(小寒)이, 하순에는 대한(大寒)이 있다. 절기의 이름만 보면 대한 무렵이 가장 추울 것 같지만, 우리나라에서는 대체로 소한 무렵이 제일 춥다. 그런 연유로 "대한이 소한 집에 놀러 갔다가 얼어 죽었다", "소한 얼음이 대한에 녹는다" 등과 유사한 속담이 많다.

소한은 겨울의 정점이다. 들판이 온통 하얗게 눈 이불에 덮힐 때가 많다. 하얀 갈기를 멋지게 휘날리던 억새 군락도 북풍한설에 시달려 누렇

▲ 겨울 원앙

게 바래고 홀쭉해진다. 나무들은 반짝이는 은빛 외투로 갈아입고서 차가운 대기의 한 가운데 조각상처럼 우뚝 서 있다. 알래스카나 북극 같은 이국적인 풍경이 펼쳐진다. 신비로운 요정의 나라에 온 기분이다.

자동차 문을 여는 순간 잠복해 있었다는 듯이 바람의 자객이 목덜미를 쿡 찌른다. 숨이 턱 막힌다. 강렬한 차가움이 대기에 가득하다. 공기까지 얼어있다. 공기에서 쨍 소리가 나는 듯하다. 삼라만상이 꽝꽝 꽝꽝 얼어 붙었지만 햇살은 강렬하다. 12월의 햇살이 움츠리는 것이라면 1월의 그것은 도발적이다. 강력한 에너지가 느껴진다. 살을 에는 추위 속에서도 햇살은 내 온몸을 파고든다. 햇볕 아래서 조금 걷다 보면 차갑지만 산뜻한 공기가 허파 속 깊이 스며든다. 기분이 담백해진다. 겨울에 새들이 기분 좋게 높은음으로 노래하는 일은 드물다. 그러나 이렇게 햇살 좋은 날에는 새들도 뭔가를 느끼는지 기분 좋은 노래를 부른다. 봄을 부르는 노래처럼 느껴진다. 새들은 어름장 밑으로 조용히 서서히 봄이 다가오고 있음을 알고 있다. 서서히 해가 길어지면서 봄이 은밀하게 다가올 것이다.

볕이 좋은 양지에는 눈이 녹아 있다. 놀랍게도 초록의 풀들이 싱싱하게 살아있다. 한겨울에는 모든 풀이 말라 죽을 것 같지만 그렇지 않다. 가장 추운 소한에도 작은 풀들은 땅바닥에 납작 엎드려 초록빛을 지켜낸다. 키 작은 잡초들, 로제트 형태로 땅바닥에 착 붙어서 넓은 잎을 활짝 펼친 식물들, 초록의 이끼들이 눈 속에 미니 정원을 만들어 놓고 있다. 눈 덮인 겨울의 초록 정원이라니! 마법 같은 일이다. 밤이 깊으면 어디선가 난쟁이 요정들이 쏟아져나와 파티를 열 것만 같다.

어느 해 대한 무렵 들녘을 걷다 보니 발밑에서 새싹이 돋아나고 있었다. 멀리서 보면 황량한 갈색 벌판이지만 가까이서 들여다보면 나무들의 꽃눈과 잎눈도 부풀어 올라 있다. 곧 봄이 올 듯하다. 햇살에서도 봄의 에너지를 강하게 느낀다. 이 무렵에는 기온이 조금만 올라도 들녘의 풀들이 새싹을 내민다. 바람 속에도 활력이 감돈다. 기온이 좀 오르자 산기슭 곳곳에서 비둘기들이 노래를 부른다. 벌써 짝을 찾는 것일까. 여기저기에서 봄의 전조가 느껴진다.

12월보다도 겨울 철새의 종이나 수가 훨씬 많아진 느낌이다. 여름에 단독생활을 했던 텃새들도 이젠 공동체 생활을 한다. 어치도 여남은 마리가 무리를 이루어 몰려다닌다. 박새, 진박새, 쇠박새, 곤줄박이, 오목눈이 등 비슷하게 생긴 녀석들은 종이 달라도 함께 무리를 이루는 일이 많다. 새들의 공동체 생활은 생존률을 높이기 위한 본능적 행동이다. 추운 겨울엔 여럿이 모여야 몸도 마음도 따뜻해진다는 걸 새들도 아는 건 아닐까?

풍경은 아름답고 평화롭지만, 야생의 1월은 엄혹한 달이다. 겨울이 깊어가면서 많은 동물들이 추위와 굶주림으로 죽는다. 가혹한 계절을 대비해서 동물은 일찌감치 털과 깃을 겨울용으로 갈아 입었지만 역부족인 경우가 많다. 결정적으로 먹이를 구하지 못하면 치명적이다. 아무리 푹신한 겨울옷으로 갈아입어도 열량을 확보하지 못하면 결국 죽음에 이르게 된다. 청설모와 어치는 낙엽을 뒤며 가을 내내 감추어둔 먹이를 찾아 꺼내먹는다. 추위를 이겨내기 위해서는 부지런히 먹이를 찾아내 먹어야만 한다. 맹금도 먹이를 찾느라 수시로 출몰한다. 1월의 들판은 시끌벅적하다.

▲ 겨울 밀화부리 무리

# 박새는 구멍을 좋아해

어둑해지니 기온이 툭툭 떨어진다. 박새 한 마리가 농막 앞 전깃줄 위에서 모과나무 가지로 매화나무 가지로 이리저리 자리를 옮기며 지저귄다. 묘한 조급함이 느껴진다. 안절부절못하는 것처럼 보이기도 한다. 해질녘 박새의 저런 행동은 보금자리에 들어가기 위한 경계 행동이다. 보금자리 주변을 수십 분간 맴돌다가 위험이 없음을 확인하고 나서야 순식간에 쏙 들어간다. 긴장한 기색이 역력하다. 내가 멀찍이 떨어져 가만 머무르자 아니나 다를까 녀석이 농막 처마 밑 구멍 속으로 쏙 들어간다. 몇 년 전 딱새가 새끼를 치고 버린 둥지이다. 박새는 주로 인가 주변의 건물이나 돌담, 나무의 구멍 속에 보금자리를 정해서 봄엔 부부가 함께 새끼를 치고, 추운 겨울에는 1인용 침실을 찾아 혼자 잠을 청한다. 추운 겨울 저 구멍 속에서 따뜻한 밤을 보내고 있었구나.

박새도 딱새와 함께 내 인생에서 첫 번째 새라 할 수 있다. 둘 중 어느 게 먼저인지 기억이 정확하지 않다. 처음으로 새 둥지 속 알을 들여다보고 만져보기도 했다. 아직 초등학교에 입학하기도 전이었다.

▲ 박새

고향집 뒤안에 돌로 쌓아올린 옹벽이 있었다. 작은 새 한 마리가 돌 틈 구멍으로 들어가는 모습이 보였다. 재빨리 달려가 안을 들여다보았다. 새가 둥지 속에서 알을 품고 있었다. 놀란 어미 새는 구멍 속에서 허둥지둥 파닥파닥 날갯짓을 하다가 달아났다. 구멍 안에는 짐승의 털과 이끼와 풀잎 등을 모아 정성껏 엮여놓은 둥지와 조그마한 알들이 보였다. 그 알들이 얼마나 탐나던지. 하나를 꺼내와 증조할머니와 할머니께 보여드렸더니 어서 다시 넣어놓으라고 야단이셨다.

"아가 밍새는 좋은 새여. 사람들 하고 한꾸네 사는 새란 말이여. 언능 갖다 여놔야 쓴다."

(아가 박새는 좋은 새다. 사람들과 함께 사는 새란 말이다. 얼른 갖다 넣어야 한다.)

우리 동네에서는 박새를 "밍새"라고 했다. 박새는 좋은 새라고 하시며 당장 큰일이라도 날 것처럼 걱정하셨다. 집안에 우환이라도 닥칠까 봐 두려움에 휩싸이신 듯한 표정이었다.

내키지 않았지만 어쩔 수 없이 다시 넣어둘 수밖에 없었다. 어른들은 모르는 체하라고 하셨지만 나는 틈나는 대로 몰래 둥지 안을 엿보곤 했다. 새끼 새들이 부화하고 이소하는 모습까지도 가까이에서 지켜볼 수 있었다.

"좋은 새"란 말이 너무 신기해서 "그럼 나쁜 새도 있어요?"라고 여쭈었던 기억도 난다.

▲ 쇠박새

# 청설모의 건축술과 벼룩 식구들

이른 아침부터 소란한 소리가 들렸다. 컨테이너 지붕 위에서 뭔가 뛰어다니는 듯했다. 어느 해 팔월 야영을 하고 난 다음 날이었다. 잠을 설친 탓에 더 자고 싶었지만 호기심에 눈을 뜨고 주위를 둘러보았다. 청설모 한 마리가 탐스러운 꼬리를 살랑살랑 흔들며 텃밭 여기저기를 기웃거리고 있었다. 주로 소나무 숲에서 활동하는 청설모가 논밭에 내려오는 일은 드물다. 아침 댓바람에 무슨 일일까. 숨을 죽이고 가만 살펴보았다.

무슨 조사라도 나온 듯이 한참 동안 농막과 텃밭 구석구석을 기웃대더니 토끼처럼 깡충거리면서 들판을 가로질러 맞은편 솔숲으로 사라졌다. 실없는 녀석이었다. 이른 시각이라 사람이 없을 것이라 생각하고 호기심에 세간을 구경한 것일까? 여전히 미스터리이다.

청설모는 여러모로 귀엽고 재미있는 동물이다. 높은 나뭇가지 위에서 발을 구르고 소리를 지르며 사람을 위협하기도 한다. 주로 견과류를 먹는다. 먹이가 부족한 겨울철에는 솔씨로 연명하기도 한다.

어렸을 때 겨울철 솔숲에 가면 바닥에 헤아릴 수 없이 많은 솔방울 부스러기가 떨어져 있었다. 고개를 들어 소나무 가지 위를 보면 청설모가

▲ 청설모

앞발로 솔방울을 들고 열심히 갉고 있었다. 거의 하루 종일 솔방울을 까댔다. 열량이 많이 필요한 겨울철에 작은 솔씨로 배를 채우려면 아마 하루에 수십 개나 수백 개의 솔방울을 까야만 할 듯했다.

청솔모는 뛰어난 건축가이다. 청설모가 둥지 짓는 모습을 관찰한 적이 있다. 고향 마을 뒷산에서 낮은 고개를 하나 넘으면 '소모골'이는 계곡이 있었다. 물길을 따라 삼나무 숲이 조성되어 있었다. 삼나무는 곧고 높게 자라는 상록 침엽수이다. 삼나무 껍질은 부드럽고 질긴 섬유질이라 숲속 친구들에게는 여로모로 유용하다.

가을이 깊어갈 무렵이었다. 청설모가 삼나무 상단에서 이빨로 껍질을 잘라 야무지게 물더니 하단을 향해 달려내려오는 것이었다. 당연히 섬유질의 껍질이 실처럼 길게 벗겨졌다. 껍질 섬유를 둘둘 말아서 입에 물더니 나뭇가지 사이를 펄쩍펄쩍 건너뛰어 가까운 소나무 위로 이동했다. 둥지를 짓고 있었다. 까치 둥지와 흡사했다. 나뭇가지를 엮어서 지은

럭비 공 모양의 타원형이었다. 아마 안쪽에다가 부드러운 삼나무 껍질 섬유를 채우는 모양이었다.

1월이나 2월쯤 되었을까. 추운 겨울 다시 소모골을 찾았다. 녀석이 안에 있을까? 둥지가 있는 소나무 밑둥을 발로 몇 번 툭툭 차보았다. 녀석은 밖으로 나올 생각은 않고 고개만 쏙 내밀고 내려다보았다. 추워서 밖에 나오기가 귀찮은 것일까? 혹시 안에 새끼라도 있는 것일까? 호기심이 발동했다. 나는 20미터도 넘는 소나무를 타고 오르기 시작했다. 소나무 표피는 매우 거칠어서 자칫하면 손에 상처가 나기도 한다. 그만큼 오르기 어렵다. 그러나 몸이 가볍고 날렵한 나는 원숭이 못지않게 나무를 잘 탔다. 내가 나무를 오르기 시작하자 청설모는 깜짝 놀라 둥지를 뛰쳐나와서는 옆 나무 위에서 주위를 맴돌면서 발을 구르며 꾹꾹 기이한 괴성을 지르며 위협했다. 나는 아랑곳하지 않고 둥지까지 올라갔다. 둥지 옆부분에 뚫린 입구로 손을 넣어보았다. 청설모의 체온이 남아 따뜻하고 포근했다. 새끼는 없었다. 둥지의 외부는 나뭇가지로 엉성하게 지었지만 예상대로 내부에는 부드러운 삼나무 껍질 섬유가 깔려있어 푹신하고 아늑했다.

그런데 손을 빼는 순간 경악했다. 손등에 손목에 벌레들이 새까맣게 붙어있었다. 어느새 외투까지 옮아가고 있었다. 소름이 돋았다. 잘 보니 벼룩이었다. 그러나 강아지나 고양이에게 있는 벼룩보다 훨씬 더 컸다. 서둘러 벼룩을 털어내고 나서 둥지 안을 들여다보니 무수히 많은 벼룩이 우글거렸다. 마치 온 숲에 사는 벼룩이 모두 청설모 둥지에 모여든 것만 같았다. 그렇지 않다면 이 추운 겨울에 벼룩이 어디에서 살 수 있겠는가. 청설모는 춥고 배고픈 겨울 내내 따스한 둥지 속에서 뭇 벼룩들을 먹여 살리고 있었다.

# 고양이의 딜레마

멀리서 치즈가 애절한 목소리로 나를 부르며 들판을 가로질러 걸어온다. 어느 집 아궁이에서 잠을 잤는지 털에 검댕이 잔뜩 묻어있다. 오래 굶주렸는지 뼈의 윤곽이 드러날 정도로 앙상하다. 며칠 먹을 수 있을 만큼 사료를 잔뜩 덜어준다. 반가움의 표현인지 고맙다는 인사인지 갸르릉 거리며 내 발목에 볼을 비벼댄다. 가혹한 겨울을 견뎌내고 살아남을 수 있을지 걱정이다.

숲속에서는 심심할 틈이 없다. 온갖 생물이 펼치는 생명의 드라마가 전개된다. 텃밭 생활 초기에 황량한 벌판을 개간하다시피 혼자 일을 시작해야 했다. 사막에 홀로 서 있는 듯한 느낌마저 들었다. 그때 나타난 게 치즈였다. 이랑을 만들고 있는데 멀리서 치즈 색 고양이가 니야옹니야옹 애처로운 목소리로 울면서 다가왔다. 아무런 경계심도 없이 곧장 곁으로 오더니 마치 오래된 주인을 만난 듯 내 발목에다가 뺨을 비벼대는 것이었다. 졸졸 따라다니며 비벼대는 통에 도무지 아무 일도 할 수 없을 지경이었다. 보채는 듯한 울음소리가 먹이를 달라는 호소인 듯싶었다. 간식을 나누어주니 냉큼 받아먹고 또 달라고 계속해서 울면서 비벼댔다. 가져온 간식을 모두 줘버렸지만 마찬가지였다. 일을 하려고 쫓아봤지만 통하지 않았다.

녀석은 내가 텃밭에 나가는 날이면 어김없이 찾아왔다. '치즈'라는 이름도 지어줬다. 처음 몇 번은 간식을 나누어 먹이는 것으로 만족해야 했으나 이건 아니다 싶었다. 사료를 한 포대 구입해서 농막에 넣어두었다가 볼 때마다 한 그릇씩 퍼주었더니 비로소 양에 차는 모양이었다.

고양이는 은혜를 아는 동물이다. 주말에 와보면 농막 앞에다가 쥐나 새, 뱀 따위를 잡아다가 갖다 놓곤 했다. 혐오스럽긴 하지만 치즈의 입장에서는 고마움의 표시인 것이다.

어느 해 겨울. 녀석이 유독 수척한 모습으로 나타났다. 안쓰러운 몰골이었다. 야생의 들판에서 굶주리며 겨울을 나고 있을 녀석이 안쓰럽기 그지없었다. 처량하게 칭얼대면서 바짓부리를 비벼대었다. 그릇에 사료를 잔뜩 부어주었지만 잘 먹지도 못했다. 병이라도 난 것일까. 집으로 데려올까 생각도 했지만 감당할 자신이 없었다. 매년 그랬듯이 올겨울도 별 탈 없이 넘기겠지. 녀석을 몇 차례 쓰다듬어 주고 집으로 돌아왔지만 마음이 편치는 않았다.

이상하게도 그날 이후 녀석이 보이지 않았다. 무슨 일이 일어난 것일까. 몇 개월 지난 뒤, 녀석은 농막 옆 자재 더미 속 깊은 공간에서 미라로 발견되었다. 건조한 날씨 탓인지 냄새가 거의 나지 않았다. 살점은 모두 사라졌지만 뼈와 가죽과 털이 고스란히 형태를 유지하고 있었다. 빳빳하게 굳어 있었다. 어두운 구석에서 홀로 죽음을 맞이했을 생각을 하니 가슴이 먹먹해졌다.

나는 녀석의 껍데기를 텃밭 구석에 고이 묻어주었다. 녀석은 벌레와

풀과 나무에 흡수되어 대자연 속에서 순환할 것이다.

그런데 두어 달 후 놀라운 일이 일어났다. 장마가 끝나고 8월 초 텃밭에서 혼자 야영을 하며 별을 보고 있었다. 자정을 지나는 캄캄한 밤중이었다. 어디선가 낯익은 고양이 울음소리가 들렸다.

설마! 칭얼거리는 소리가 영락없이 치즈의 것이었다. 치즈는 틀림없이 죽지 않았는가? 내 손으로 묻었는데!

칠흑 같은 어둠에 포위된 숲속의 밤. 죽은 고양이 울음소리가 다가오고 있다. 소름이 돋았다. 이윽고 녀석은 형체를 드러냈다. 정말 치즈였다. 녀석은 거침없이 다가와 치즈가 했던 대로 내 바짓부리에 얼굴을 비벼대며 갸르릉 댔다. 머리털이 쭈뼛쭈뼛 섰다. 소리나 생김새, 행동이 틀림없는 치즈였다. 이건 무슨 '전설의 고향'인가. 두려움이 엄습해왔다. 꿈인가 생시인가. 정신줄을 놓아서는 안 된다.

정신을 차리고 자세히 보니 약간의 차이가 눈에 들어온다. 치즈가 회춘한 듯한 모양이라고나 할까. 혹시 치즈의 새끼 중 한 마리가 아닐까?

사료를 한 그릇 담아 주었다. 치즈처럼 먹고 치즈처럼 갸르릉거렸다. 그 후로도 녀석은 계속해서 나를 찾아와 사료를 먹고 떠나곤 했다. 여러 가지 생각이 들었지만 나는 녀석이 치즈의 새끼 중 한 마리일 것이라고 결론을 내렸다. 어쨌거나 내 친구 치즈가 돌아온 것이다.

텃밭에 찾아오는 들고양이는 크게 두 가지이다. 치즈처럼 사람을 따르는 녀석들과 그렇지 않는 녀석들이다. 전자는 인가에서 사육되다가 야묘(野猫)가 된 경우이다. 후자는 야생에서 태어나 야생에서 자라난 아이들로 항상 사람과 일정한 거리를 유지하며 경계한다. 이 둘은 쉽게 구분된다. 전자는 말랑말랑하게 보이고 후자는 잔뜩 긴장해 있는 탓에 딱딱해 보인다. 전자는 사람을 보면 밥을 달라고 보채기까지 한다. 사료를 내주면 전자는 냉큼 달려와 받아먹는다. 반면 후자는 일정한 거리를 유지하며 지켜보고 있다가 전자가 다 먹고 자리를 비켜주면 조심스럽게 다가와 먹기 시작한다. 후자는 다른 야생동물들처럼 사람을 믿지 않기 때문에 경계를 늦추지 않는다.

고양이는 개와 더불어 사람에게 가장 사랑받는 포유류 중 한 종이다. 그런데 고양이에게는 어두운 면이 있다. 고양이는 들판에서 가장 흔한 맹수이다. 널리 알려져 있듯이 우리나라에서 고양이는 침입종이다. 최근 고양이에 의한 생태계 교란에 대해 걱정하는 목소리가 높아간다. 2023년의 한 연구(미국 오번대학교 연구진)에 의하면 고양이가 포유동물 중 가장 다양한 종의 생물을 해친다고 한다. 2000종 이상의 동물을 해치고 있다는 것이다.

이러한 연구가 아니라도 오래전부터 섬이나 국립 공원에서 고양이에 의한 멸종 위기종이나 천연기념물 피해를 우려하는 목소리가 높았다. 특히 섬을 찾는 희귀 조류들의 피해는 심각한 것으로 알려져 있다.

어류, 파충류, 포유류, 조류, 곤충 등 살아있는 모든 동물은 고양이의 표적이 된다. 나는 들고양이가 매복해 있다가 스프링처럼 튀어올라 새를 포획하는 장면을 목격하기도 했다. 고양이는 솜씨 좋은 사냥꾼임이 틀림없다. 그러나 야생에서 고양이의 수명은 길지 않다고 한다. 굶주림과 질병으로 인해 몇 년 살지 못한다.

고양이는 분명 사랑스럽고 매력적인 동물이다. 그러나 고양이는 생물다양성의 심각한 적(敵)이다. 뛰어난 번식력은 가공할 만하다. 길고양이

중성화 사업(TNR)은 실효성 없는 세금 낭비라는 주장, 고양이 먹이 주기를 불법화해야 한다는 주장도 있다. 고양이의 증가에 의한 생태계 교란을 생각한다면 대책이 시급하다. 사실 치즈에게 정기적으로 먹이를 제공하고 있는 나도 고민이 많다. 나의 행동도 어떤 면에서는 생태적이지 못한 것일 수 있다. 이 사랑스러운 생명체를 어떻게 해야만 할 것인가.

▲ 고양이 치즈

# 2월

## 다시 봄으로

입춘(立春)

우수(雨水)

# 봄이 오는 길목 - 진통의 시간

2월은 위험한 달이다. 응달엔 눈이 쌓여 아직 한겨울이다. 그러나 양지는 완연한 봄이다. 볕 좋은 풀밭에는 싹이 파릇하게 돋아나면서 초록의 톤이 짙어진다. 기온이 오르면 개구리, 도롱뇽이 깨어나 활동을 하다가 꽃샘추위에 얼어 죽는 일이 잦다. 이따금 폭설이 쏟아지기도 한다. 입춘 이후에 내리는 눈은 습설(濕雪)인 경우가 많다. 습설이 쏟아지고 난 뒤 숲의 풍경은 장관이다. 습설은 응집력이 좋아 나뭇가지 위에 솜덩어리처럼 쌓인다. 한겨울의 건설(乾雪)에 비해 쌓인 눈의 두께가 훨씬 두껍다. 따라서 훨씬 아름답고 풍요로운 풍경을 보여준다.

미학적으로는 훌륭하지만 습설은 치명적이다. 무겁기 때문에 비닐하우스나 가건물, 유실수 등을 무너뜨리거나 부러뜨려 버린다. 매년 습설로 인한 피해가 보도되곤 한다. 가끔 삼사월에도 느닷없는 꽃샘추위가 닥치면서 폭설이 쏟아지기도 하는데 이때 내리는 눈은 대개 습설이다. 겨우내 잘 버텨온 비닐하우스나 가건물, 방조망 등이 이때 폭삭 주저앉아버려 허탈하게 하는 사례도 종종 보게 된다. 내 블루베리 밭 방조망도 몇 차례 습설 피해를 크게 입었다.

아무리 날씨가 변덕스러워도 우수(雨水)에 접어들면서 이제 거스를 수 없는 봄기운이 느껴진다. 남쪽에서는 꽃소식이 들려온다. 발밑을 보면 쑥이 쑥쑥 자라난다. 다른 나물과 풀도 마찬가지이다. 무엇보다도 새들의 소리와 몸짓에서 활기가 느껴진다. 겨울새들은 곧 먼 여정에 오르기 위해 열심히 먹고 분주하게 날갯짓을 한다. 텃새들은 혼인 노래를 부르며 암수 짝을 맺고 둥지를 짓느라 바쁘다. 까치, 멧비둘기, 오목눈이, 백로, 왜가리, 가마우지 등이 번식을 서두른다. 봄이 코앞에 와있다.

▲ 콩새

# 해토의 계절

2월은 해토(解土)의 계절이다. 입춘 지나 대지는 녹았다 얼었다 반복하면서 지표로부터 천천히 녹아간다. 흙이 풀리면서 논두렁과 농수로가 무너지기도 한다. 물을 머금었다 얼어붙은 벽돌은 해빙이 되면서 시멘트 가루로 변해버린다. 이렇게 매년 대여섯 개의 벽돌이 흙으로 돌아간다. 돌이 흙이 되는 긴 과정을 벽돌을 매개로 눈앞에서 생생하게 경험한다. 봄의 온기가 단단한 것들을 부드럽게 녹인다. 눈과 얼음이 녹아 개울물 소리가 청량하다. 개울물이 제법 불어나 있다. 먼 숲속 계곡에서 후루루 쿠루루 산개구리 울음이 흘러나온다.

날이 풀릴 때마다 대지가 질척거린다. 그러나 삽으로 찔러보면 얇은 지표 아래는 단단한 얼음이다. 날이 따스해지면 흙을 일구고 싶어 안달이 나서 주말마다 밭에 나가 보지만 삽이 들어가지 않는다. 매번 혹시나 하고 삽 끝을 찔러넣어 보지만 역시나이다. 서성거리며 쓰레기를 줍거나 농기구를 정돈하는 게 고작이다. 2월 내내 그렇게 헛걸음만 하고 돌아온다.

땅 밑의 얼음 때문에 눈 녹은 물이 흙 속으로 스며들지 못하고 지표에 고인다. 그 때문에 텃밭은 온통 뻘밭이 된다. 발이 푹푹 빠질 정도로 질척질척해져서 장화를 신고 걸어야만 한다. 3월이 되어야 점차 땅 밑의 얼음이 녹으면서 물이 스며들고 흙이 고슬고슬해진다.

마음은 벌써 농사를 시작했다. 올해는 어느 구역에다가 뭔가 색다른 작물을 심어볼까? 아스파라거스나 눈개승마를 다른 곳으로 옮겨볼까? 산딸기는 어느 구역으로 옮겨심을까? 마음이 바빠진다. 이런저런 생각을 하며 인터넷에서 농사 블로그나 카페를 검색해본다. 밤에는 따스한 봄 햇살 아래에서 농사짓는 꿈을 꾸기도 한다.

▲ 눈속의 풀

# 흑두루미의 들녘

1월이나 2월에는 설이 있다. 나는 설에 조금 일찍 고향에 내려간다. 연휴의 교통 정체를 피하고 싶은 마음도 있지만, 또 다른 이유가 있다. 꼭 들르는 곳이 순천만 일대이다. 당연히 탐조가 목적이다. 귀한 겨울 철새를 많이 관찰할 수 있다. 습지와 갯벌에는 노랑부리저어새 및 오리류가 많다. 주변의 논에는 흑두루미가 흔하다. 수천 마리가 매년 순천만 일대에서 월동한다. 들녘을 드라이브하다 보면 쉽게 만날 수 있다.

흑두루미는 너른 논 여기저기에서 가족 단위로 먹이활동을 한다. 다른 가족과 상당히 먼 거리를 유지한다. 대부분 새끼가 한두 마리씩이다. 따라서 서너 마리가 가족을 이룬다. 가족 계획이 철저하다. 오조(五鳥) 가족은 여직 만나 본 적이 없다. 종종 자식이 없는 커플도 눈에 띈다. 청소년에 해당하는 새끼는 직접 보면 초보자도 쉽게 구분해 낸다. 크기는 어미 새와 비슷하지만 아직 깃 색이 선명하지 않고 수수하다. 너른 논을 누비는 흑두루미는 흡사 타조처럼 보이기도 한다. 처음 보는 아이들은 '와! 타조다!'라고 외치기도 한다.

이따금 무리가 날아오르는 것은 무언가에 놀란 탓이리라. 날아오를 때마다 에너지 소모가 크다. 관찰자는 새들이 놀라지 않도록 거리를 유지하고 신중하게 행동해야 한다.

흑두루미는 내 고향의 자랑거리다. 순천시는 흑두루미를 모시기 위해 수백 개의 전신주를 뽑아내고 먹이를 제공하는 등 적극적인 행정을 펼쳐왔다. 물론 무수한 반대와 저항이 있었지만 맞서지 않고 대화와 타협으로 이끌어낸 성과이다. 하지만 다른 무엇보다 순천시민의 선진적인 생태의식이 아니었다면 불가능한 일이었으리라.

▲ 흑두루미

# 아버지의 매화 동산

설이 2월 중순 이후인 해는 운이 좋으면 고향에서 첫 매화를 본다. 날이 따듯해야 가능한 일이다. 남도에도 본격적인 매화 철은 3월이다. 순천에는 매화 명소가 많다. 시내에는 매곡동이 있고, 선암사에는 600년 묵은 선암매, 월등면에는 향매실 마을이 있다. 인근 광양에는 홍쌍리 청매실 농원이 있고, 구례 화엄사에는 홍매화 화엄매가 유명하다. 내가 제일 그리운 것은 우리 집 뒷동산에 있던 아버지의 매화 동산이다.

아버지는 내성적인 분이셨다. 천성이 순박하고 소박하셨다. 사람들 만나기를 별로 좋아하지 않으셨다. 젊은 시절 잠깐 철도 공무원 생활을 하시다가 못 견디시고 고향으로 돌아와 농사를 지으셨다. 농사만 지어선 아들 넷 교육 시키기가 힘들었기에 자식들이 학교 다니는 동안 15년 정도 다시 직장 생활을 하셨다. 직장 생활을 하시면서도 농사일을 손에서 놓지 않으셨으니 평생 농사를 지으신 셈이다. 혼자 있길 좋아하시는 분에게 사회생활은 힘드셨을 것이다.

아버지는 술을 좋아하셨다. 혼술을 즐기셨는데 특히 매실주를 좋아하

▲ 매화

셨다. 아버지는 매년 매실주를 직접 담그셨다. 우리 집은 뒷동산과 맞닿아 있었다. 뒷동산이 우리 집 뒷마당이었다. 아버지는 뒷동산에 매화나무를 수십 그루 심으셨다. 매년 3월이면 매화 낙원이 펼쳐졌다. 하얀 꽃잎이 눈부실 정도였다. 꿀벌이 잉잉거리고 향기가 진동했다. 직박구리들이 여러 마리 날아들어 소란을 떨었다. 직박구리는 꿀도 빨아 먹고 꽃잎도 뜯어 먹었다. 아주 어렸을 때부터 매화가 활짝 핀 뒷동산에 앉아 있으면 마음이 싱숭생숭했다.

아버지는 매실을 소주에 담가 100일을 숙성시키셨다. 100일을 넘으면 씨앗에서 독이 배어나온다고 하셨다. 매실과 소주의 황금 비율을 자랑스럽게 말씀해주시기도 했다. 추석 무렵 햇 매실주를 내놓으셨다. 수십 년의 기술이 축적된 아버지의 매실주 맛은 최고였다. 이제껏 아버지의 매실주보다 좋은 술을 맛본 적 없다. 객지로 돌아가는 자식들에게 한 병씩 챙겨주곤 하셨다. 나도 몇 번 받아와 귀한 손님들에게 대접한 적이 있다. 다들 마셔본 술 중 최고라는 의견이었다.

아버지의 매화 동산과 매실주가 그리운 봄날이다. 삼월에는 나의 텃밭에도 매화가 만발하리라. 꽃 피는 봄이 오고 있다.

▲ 소나무 위의 중대백로

# 밭두렁에 앉아 생각하다

# 생태적 삶의 다양성
# - 퇴계의 매화분과 법정의 난초분에 대하여

48세의 퇴계 이황과 18세의 기생 두향의 애틋한 사랑 이야기가 있다. 퇴계 선생은 단양 군수로 부임하여 관기 두향을 만나 정을 나누었으나 9개월 만에 풍기 군수로 발령 나는 바람에 헤어지게 된다. 그 후 두향이 선물한 매화분을 죽는 날까지 애지중지 돌보았다고 전해진다. 여러 가지 정황으로 미루어 보아 이 로맨스는 호사가들이 만들어낸 허구일 가능성이 높다.

그러나 퇴계 선생이 말년에 매화분에 지극정성을 쏟아부은 것은 사실이다. 제자에게 남긴 마지막 유언도 "매화에 물을 주어라!"였다. 퇴계의 매화분에 대한 애착이 로맨스를 파생시켰을 개연성이 크다. 그렇다면 그는 왜 그토록 매화분에 정성을 들였을까.

퇴계는 조선 최고의 유학자이다. 그의 매화분도 유학적인 관점에서 바라보는 게 합리적이다. 유교는 온대지방의 농경사회에서 유래하였다. 따라서 경작(耕作)을 중시한다. 그것은 비단 농경에 국한되지 않는다. 유학의 세계관에는 자연뿐만 아니라 인간과 사회도 경작의 대상이 된다. 자연의 경작이 농경이라면, 인간의 경작이 수양(修養)이고, 사회의 경작이 교육(教育)과 통치(統治)이다. 경작하지 않고 방치하면 야만이 되어버린다. 자연과 인간, 사회는 하나의 이치로 연결되어 있다. 퇴계는 매화분을 매개로 자연의 이치를 탐구하고 자아를 성숙시키며 사회를 교화하고자 하였을 것이다. 퇴계는 매화를 치며 자연과 교감하면서 자아와 사회를 경작하고자 하는 생태적 삶을 추구하였다고 볼 수 있다.

화분을 돌보는 삶도 생태적인 삶이라 할 수 있을까. 퇴계의 삶에서 보듯 충분히 그러하다. 인위적으로 식물을 가꾸는 행위는 넓게는 농경 문화의 연장선에 놓인다. 농경은 자연과 인간이 호혜적인 관계를 유지할 수 있는 가장 효율적인 문화이다. 왜냐하면 인간은 작물을 돌보아주고 작물은 인간에게 식량이나 위안을 제공해주기 때문이다.

물론 널리 알려졌듯이 인류에 의한 자연 파괴의 본격적인 시작을 농경 문화로 보는 관점이 있다. 인류는 농경으로 인해 대량생산이 가능해졌고 인구의 폭발적인 증가를 가져왔으며 그에 비례하여 자연 파괴가 가속화되었다는 것이다. 이런 논리를 부정할 사람은 많지 않을 것이다.

그러나 농경이 자연 파괴적인 측면만 있는 것은 아니다. 전통 사회의 우리 논농사가 일면 생태적이었다는 사실은 이미 널리 알려져 있다. 농경 문화는 생태적으로 어두운 면과 밝은 면을 갖는 두 얼굴의 야누스이다.

자연과 인간의 호혜적인 관계에 토대한 생태적인 농경은 충분히 가능하다. 오늘날 자급자족형의 소규모 텃밭 농사는 생태적 삶을 위한 좋은 방법 중 하나이다. 특히 주체할 수 없는 '경작 본능'을 지닌 사람들에게는 필수적인 것이다.

농사를 짓다 보면 거기에 얽매이게 된다. 작물은 주인의 발소리를 듣고 자란다는 소중한 말이 있다. 헛된 말이 아니다. 정말 작물은 정성을 쏟으면 쏟는 만큼의 결과물을 준다. 그러다 보니 노동에 집착하게 된다. 주말 농부도 마찬가지이다. 열심히 잡초를 제거하고 물을 주고 퇴비를 주고, 밭일을 하다 보면 일이 꼬리를 물고 생겨난다. 해가 지고 깜깜해질 때까지 일 해도 시간이 모자란다. 과로로 몸이 지치고 얼굴은 새까맣게 타버린다. 농사의 수렁에 빠져버린 것이다. 뭐든 집착하는 것은 화를 부른다. 과유불급을 명심해야 한다.

법정 스님의 교훈이 떠오른다. 스님의 대표작 「무소유」는 난초분에서 얻은 깨달음을 담고 있다. 법정 스님은 난초 화분을 애지중지하며 돌보다가 어느 날 자신이 그것에 얽매여 있음을 깨닫고 가까운 사람에게 선물해버린다. 법정 스님의 무소유 사상은 아무것도 소유하지 말라는 의미가 아니다. 불필요한 것을 갖지 않는 것이다. 스님은 불필요한 것은 버리고 꼭 필요한 것만 소유하라고 한다.

법정 스님은 말년 35년여를 외딴 암자에서 홀로 살았다. 송광사 불일암에서 17년, 강원도 오두막에서 18년, 홀로 사는 즐거움을 누렸다. 법정 스님의 수필을 읽어보면 그는 엄격한 불교 수행자였지만 한편으로는 오늘날의 '자연인'과 유사한 면모를 보인다. 어쩌면 '자연인'의 원조가 법정 스님이라 할 수도 있다. 여러 글에서 스님은 사람보다는 자연을 더 좋아한다고 밝힌다. 스님은 야생의 자연이 좋아 홀로 자연에 묻혀 사는 길을 선택한 분이다.

알도 레오폴드는 『모래군의 열두달』의 첫 문장에서 "야생의 존재 없이 살 수 있는 사람도 있지만 그렇지 못한 사람도 있다"고 말한다. 야생의 자연 속을 거닐며, 자연을 만지고 느끼며, 자연과 교감하는 삶을 원하는 사람들이 있다. 그런 사람들에게는 야생의 자연과 교감하는 삶이 진정 생태적인 삶이다. 법정 스님은 그런 축에 속하는 분이다. 당연히 나도 그런 부류의 사람이다. 나는 영화나 텔레비전 드라마, 올림픽이나 월드컵보다도 숲속을 거니는 일이 훨씬 더 흥미진진하고 즐겁다. 자연과 교감하는 삶이 진정 행복하고 즐거운 것이다. 야생과 격리된 도시에서의 삶이란 사막과도 같이 무미건조한 것이다.

생태적인 삶은 어떤 것일까? 퇴계 선생은 생태적인 삶을 살았을까? 연구실에 틀어박혀 글을 읽고 쓰다가 틈틈히 화분에 물을 주고 분갈이를 해주며 화초를 돌보는 학인의 삶은 생태적인 삶일까? 주말마다 텃밭에 나가 흙을 일구는 주말 농부의 삶이 생태적인 삶일까? 그 모두가 생태적인 삶일 수 있다. 생태적 삶은 한 가지만이 아니다. 다양한 방식으로 자연과 교감하면서 지구의 생명을 돌보는 데에 참여할 수 있다.

퇴계 선생은 죽음의 순간까지 매화분을 아꼈지만, 법정 스님은 자신의 난초분에 대한 집착을 깨닫고 필요한 사람에게 선물한다. 삶의 일면에 비추어 본다면 퇴계 선생은 경작하는 자연을 좋아했고, 법정 스님은 야생을 선호했다. 생태주의적 삶도 크게 이 두 가지로 나누어 볼 수 있을 것이다. 과학 기술과 문명을 통해 자연을 적절하게 관리하면서 생태적 삶을 추구하는 경향, 대조적으로 인위적인 것을 최소한으로 하면서 야생의 자연과의 공존을 추구하는 생태적 삶, 이 두 범주가 가능할 것이다. 어떤 한 사람이 전적으로 이 둘 중 하나의 범주에만 속한 경우는 드물다. 많은 생태주의자들이 이런 양면성을 가지고 있다. 물론 어느 한쪽으로 치우쳐서 살아가는 사람들도 있다.

법정 스님은 야생의 자연도 좋아했지만 텃밭 가꾸기도 수행의 일환으로 중시했다. 나는 화분을 돌보거나 텃밭에서 농사짓는 일도 좋아하고, 야생의 숲을 누비는 것도 좋아한다. 실내에서 화초를 돌보거나 야외에서 신비로운 생명체를 추적하는 일, 자연과 교감하는 일이라면 무엇이든 심장이 뛴다. 그 모든 게 자연을 형제로 여기는 일이며, 내가 생각하는 생태적 삶이다.

▲ 초저녁의 들녘

# 잡식 동물의 생태 윤리

자본주의는 과잉 소비를 부추기고 그것을 벌충하기 위한 과잉 노동을 요구한다. 음식 문화에서도 마찬가지이다. 눈이 가는 곳마다 온갖 맛있는 음식이 넘쳐난다. 사람들은 쉽게 유혹에 넘어간다. 욕망이 이끄는 대로 카드를 긁고 먹기를 반복한다. 생존과 건강이 아니라 순간의 쾌락을 위한 섭취이다.

소로의 추종자들은 그런 섭생 문화를 거부한다. 그들은 의심한다. 혀에 착착 붙는 맛을 지닌 거리의 음식들은 어디에서 온 것일까. 중금속으로 오염된 토양에서 자란 작물은 아닐까? 농약 범벅으로 재배한 작물에서 유래한 것은 아닌가? 학대받으며 자라난 가축의 살점은 아닐까? 자본주의 사회에서 현대인들은 음식으로부터 소외되어 있다.

소로의 추종자들은 소외를 거부한다. 그들은 스스로 흙을 일구고 씨앗을 뿌리고 작물을 돌보고 수확하여 요리해서 먹고 싶어 한다. 음식의 즐거움은 입안에서만 이루어지는 것이 아니다. 온전히 음식과 합일하는 깊은 즐거움은 흙에서부터 시작한다. 흙을 뚫고 올라오는 가냘프면서 강인한 새싹, 손바닥처럼 펼쳐지는 푸른 잎, 잘라도 잘라도 다시 채워지는 마법같은 생명력. 음식으로부터 소외되지 않은 삶은 작물의 성장과 재생의 기쁨을 함께 나누는 것이다.

나의 주말 자연인 프로젝트의 중요한 주제 중 하나가 그것이었다. 그러나 자본주의 사회에서는 전업 농부마저도 모든 음식을 자급자족하기 어렵다. 하물며 샐러리맨이라면 자급자족할 수 있는 식재료는 극히 제한적이다. 가장 쉬운 대상이 채소이다.

면소재지 종묘사에서 때에 맞게 모종을 내놓는다. 나는 매년 몇 주씩 골고루 사다가 심는다. 상추, 배추, 무, 쑥갓, 케일, 치커리, 오이고추, 가지, 단호박, 수박, 참외, 오이, 옥수수 등을 심어먹는다. 작물의 구성은 매년 조금씩 달라진다. 매년 모종을 심을 필요 없이 한 곳에서 터를 잡고 자라는 작물도 있다. 부추, 아스파라거스, 딸기, 그리고 눈개승마, 취나물, 머위 따위의 나물은 월동하며 몇 년째 한 곳에 군락을 이루어 자란다.

세상에서 가장 맛있는 채소는 무엇일까? 텃밭 농사를 지으며 나는 세상에서 가장 맛있는 채소를 맛보았다. 세상에서 가장 맛있는 채소는 자신이 손수 심고 가꾼 것이다. 샐러드용 채소는 주말 농부가 충분히 자급할 수 있다. 작물을 관리하는 법을 터득한 후로는 실패한 적이 없다. 잘 돌보아주면 작물은 반드시 은혜를 갚는다. 텃밭의 생산력은 믿기 어려울 정도로 대단하다. 잎채소와 열매채소는 조금씩만 심어도 봄부터 가을까지 이웃과 나누고도 넘쳐난다.

많은 독자들의 공감을 이끌어낸 마이클 폴란의 『잡식 동물의 딜레마』는 "무엇을 먹어야 할까?"라는 질문이 오랫동안 인류를 괴롭혀왔으며 오늘날에도 사람들을 가장 불안하게 만드는 딜레마라고 말한다. 나의

▲ 해질녘 백로 무리

텃밭 생활에서도 잡식 동물의 딜레마는 가장 무게 있는 화두의 하나이다.

동물을 좋아하는 나는 가급적 채식을 하고 싶다. 육식을 좋아하지도 않는다. 그러나 채식주의자는 아니다. 가능하다면 채식주의자가 되고 싶지만 너무 번거롭다. 대체 식품을 골라먹다 보면 돈도 많이 든다. 또한 지독한 허약 체질인 터라 채식만으로 건강을 유지할 자신이 없다. 물론 육식은 가능한 범위에서 최소한으로 제한하려고 노력하고 있다.

채식주의 윤리, 동물 윤리, 동물 권리 등의 주제와 관련된 저술이 많이 나와 있다. 널리 알려져 있듯이 이 분야의 대표적인 철학자가 피터 싱어이다. 그 외에도 국내외의 많은 논자들이 다양한 관점에서 채식주의와 동물 해방의 논리를 치열하게 펼친다. 그런 글들을 읽으면 육식 - 동물의 생명을 빼앗는 행위는 지극히 비윤리적이다. 따라서 채식을 해야만 한다. 논리적 비약이나 한계도 노정되어 있지만 대부분 충분히 논리적이고 설득력 있는 주장들이다. 윤리적 당위적인 차원에서 우리는 육식을 자제하는 것이 옳다.

그러나 생태적인 차원에서 본다면 육식이 나쁜 것은 아니다. 자명한 사실이지만 생태계에는 육식, 잡식, 초식이 공존한다. 육식 동물과 잡식 동물이 다른 동물을 잡아 먹는 것은 자연스러운 현상이다. 인간은 잡식 동물이다. 인간의 신체 구조가 초식 동물에 가깝다는 주장도 있지만, 현상적으로 인간은 오랜 세월 잡식을 해온 잡식 동물이다. 골고루 먹는 게 자연스럽고 보다 생태적일 수 있다. 그러나 가급적 적게 먹는 것이 엔트로피를 줄이는 데에 도움 된다. 특히 육식은 줄일수록 좋다. 그리고 비윤리적 비위생적으로 사육이나 재배된 생물은 거부해야 한다. 현대인의 과대한 육식은 분명 비윤리적이고 반생태적이다. 그러나 인간의 잡식은 자연스러운 것이며 생태적인 것이다.

인간의 욕심은 끝이 없다. 채소의 자급자족이 가능해지자 동물성 단백질에 대한 욕심도 생겨났다. 인류의 과다한 육식은 환경 위기에 일조한다. 왜냐하면 가축의 사육이 많은 탄소를 배출하기 때문이다. 지나친 육식은 환경 위기를 초래할 뿐만 아니라 인류의 건강을 위협한다. 그럼에도 불구하고 현대인은 왜 이렇게도 많은 육류를 섭취하는가. 본질적으로는 과잉 소비와 과잉 생산을 부추기는 자본주의 체계의 문제가 저변에 깔려있다.

현대인은 육류를 마트에서 하나의 상품으로 손쉽게 구입한다. 고기는 생명이 아니라 치약이나 비누와 같은 상품일 뿐이다. 만약 우리가 스스로 소나 돼지의 목숨을 끊고 살점을 발라내어 먹어야 한다면 과연 오늘날처럼 많은 고기를 먹을 수 있을까. 많은 사람이 치킨을 좋아한다. 그러나 우리 중에 닭을 잡을 수 있는 사람이 몇이나 될까.

내 손으로 도살한 동물의 고기만 섭취해야 한다면 인류의 육식 소비는 급격하게 줄어들 것이다. 텃밭 구석에 작은 닭장을 짓고 거기에서 나오는 달걀과 닭고기로 내 식단의 동물성 단백질 상당 부분을 충당하면 어떨까. 매일 매일 선물처럼 신선한 계란을 얻을 수 있다는 게 얼마나 놀라운 일인가. 몇 달에 한 번씩 손수 닭을 잡아 신성한 의식을 치르면서 소중하고 감사하게 육식을 누릴 수 있을 것이다. 고대의 인간들처럼 성스러운 식탁을 완성할 수 있을 것만 같았다. 절제된 육류 소비가 가능할 듯했다.

그렇게 생각하면서 주말 농장의 닭장에 대해서 알아보았다. 윤리적인 식탁을 위해서는 윤리적인 사육이 선행되어야만 한다. 몇 달에 걸쳐 인터넷에서 다양한 닭장과 사육 방식에 대해서 찾아보고 텃밭에 알맞은 방법을 고민했다.

불가능한 것은 아니었지만 주말 농부에게는 여러 가지 난관이 기다리고 있었다. 가장 큰 어려움은 겨울이었다. 겨울철 물이 꽁꽁 얼어버리면 닭에게 치명적인 것이다. 물론 전기를 끌어다 물을 따뜻하게 유지하는 방법도 있지만 화재의 위험이 도사리고 있다. 그리고 주중에는 야생 동물의 습격이나 불의의 사고에 닭들이 방치될 수 있다. 결정적으로 주중에는 하루종일 닭장 안에 갇혀서 지내야 하니 동물 복지에 위배될 수밖에 없다. 무수히 많은 변수가 머리를 어지럽게 했다. 오랫동안 고민하다가 결국 포기해야만 했다. 양계는 퇴직한 후에는 꼭 해보고 싶다. 그러나 애조인(愛鳥人)인 내가 과연 닭을 잡을 수 있을지는 의문이다. 기르는 닭은 정이 들게 마련이다. 정이 들면 결국 반려동물이 된다. 아마 생명을 빼앗기는 어려울 듯도 하다.

차선책으로 밭에서 가능한 수산업이 있었다. 물이 고이는 저지대에 조그마한 둠벙을 파두었는데 거기에다가 미꾸라지와 우렁이를 기를 생각이었다. 둠벙은 수위가 일정하지 않았다. 대체로 물이 충만했지만 5월부터 6월 장마 전까지 봄 가뭄 때는 바닥이 드러날 정도로 말라버렸다. 가뭄 동안에 주기적으로 물을 공급해주기만 한다면 수산업이 가능할 듯했다. 어느 해 봄에 미꾸라지 수십 마리를 사다 넣고, 우렁이는 근처 농수로에서 잡아다가 넣었다. 양수기로 급수 장치도 설치했다.

한동안은 무난하게 잘 자랐다. 그러나 금방 물새들이 모여들었다. 맛집으로 소문난 모양이었다. 왜가리와 백로, 야생 오리가 다녀갔다. 특히 미꾸라지는 거의 찾아보기 어려울 정도로 수가 줄었다. 수위가 낮아지면 새들이 건져 먹고, 물이 불어나면 탈출하는 모양이었다. 근처 농수로에 미꾸라지가 많이 늘어나 있었다. 수산업을 하기엔 둠벙이 너무 적었다. 둠벙을 훨씬 더 넓게 판다면 어느 정도 식용 가능한 규모의 양어장이 가능할 듯했다. 그리고 커다란 물새들로부터 물고기를 지키기 위해 방조망 설치가 필수적이었다. 텃밭 농부의 처지에서는 어려운 사업이다.

주말 텃밭에서 가장 현실적인 동물성 단백질 공급원은 곤충과 개구리였다. 농약을 하지 않기 때문에 다양한 곤충이 생겨났다. 특히 메뚜기는 발에 밟히기까지 했다. 먹이가 늘어나자 당연히 개구리도 늘어났고 뱀도 늘어났다. 개구리와 뱀은 식자재로 삼기에는 거부감이 컸다. 그러나 메뚜기는 어렸을 때 제법 먹어봤기 때문에 정겹고 그리운 것이었다. 벼메뚜기와 방아깨비를 잡아 구워 먹어 보았다. 별다른 조미를 하지 않아도 고소한 맛이 난다. 생태적인 식량으로 충분히 가치가 있다.

만약 닭을 치고, 너른 연못에 물고기를 기르고, 양서류와 곤충류를 잡아 동물성 단백질을 확보한다면 상당량의 자연 친화적인 식량을 충당할 수 있을 것이다. 퇴직한 후 자연인 생활을 하는 사람이라면 생각보다 좁은 부지에서 생각보다 많은 먹거리를 자급할 수 있을 듯하다.

이런 식으로 채소와 고기를 자급한다면 보다 생태적인 삶에 다가갈 수 있지 않을까? 무엇보다도 육식을 극도로 제한할 수 있다. 메뚜기와 개구리, 미꾸라지를 잡아먹는 행위는 현대인들에게는 혐오감을 준다. 그러나 생태적 시각으로 본다면 오히려 윤리적이고 문명적인 행동일 수 있다. 적어도 대량 생산, 대량 소비의 자본주의 시스템에서 자행되는 탐욕의 육식 문화보다는 훨씬 더 깨끗하고 정직한 실천이다. 살생은 싫지만 육식은 좋아하는 심리는 이율배반적이며 윤리적 사유가 결여되어 있다. 어쩌면 합리적인 비용의 채식이나 대체육이 인류의 단백질 식단을 대신한다면 잡식 동물의 고민거리는 생각보다 쉽게 해결되어 버릴지도 모르겠다.

▲ 찔레꽃

# 낙원의 소년 - 생태적 삶의 기원

나는 전남 승주군의 농가에서 태어났다. 순천시와 승주군이 통합되면서 지금은 순천시에 속한다. 평범한 농촌 마을이었다. 집 앞으로는 하천이 흐르고 뒤로는 소백산맥의 끝자락이 병풍처럼 두르고 있었다. 하천에서 천렵하고 뒷동산에서 다람쥐와 산새를 쫓아다니며 자랐다. 나무를 아주 잘 타서 나무 위에 올라가 새 둥지를 들여다보기도 했고, 나뭇가지 끝으로 달아난 다람쥐를 붙잡기도 했다. 온갖 동물들을 관찰하는 일이 또래 아이들과 함께 노는 것보다 더 재미있었다. 초등학생 때부터 혼자서 깊은 산속과 계곡으로 탐험하는 일도 잦았다.

우리 집에는 다양한 가축들을 길렀다. 같은 시골 농가라고 해도 우리 집처럼 여러 가축을 기르는 집은 드물었다. 가족들이 모두 동물을 좋아해서 가능한 일이었다. 소, 돼지, 개, 고양이, 닭, 오리, 토끼, 칠면조 등을 길러보았다. 동물 농장이나 다름없었다. 돌봐야 할 가축이 많기 때문에 아이들도 일손을 거들어야만 했다. 나는 소, 염소를 몰고 산과 들판에 나가 풀을 뜯기곤 했다. 들판에서 풀을 캐다가 토끼들에게 먹이는 일도 아이들 담당이었다. 나는 용돈이나 세뱃돈을 모아 내 몫의 오리 새끼 여남은 마리를 사서 기르기도 했다. 오리들이 좀 자라선 냇가로 몰고 나가 올챙이나 물고기를 스스로 잡아먹게 하고 다시 집으로 몰아왔다. 오리를 팔아선 강아지를 사서 키웠고, 그 강아지가 커서 새끼를 아홉 마리나 낳았다.

장닭이나 칠면조는 매우 사나웠다. 미취학 아동일 때는 종종 장닭의 공격을 받아 괴로웠고, 초등학교 다닐 때는 칠면조가 달려 들어서 스트레스를 받는 일이 많았다. 특히 칠면조는 하교하고 돌아와 대문을 열고 들어서는 순간 공격을 시작했다. 대문 밖에 커다란 막대기를 하나 두었다가 집어 들고 위협하면서 들어가면 안전했다. 영악해서 어른들이나 형들은 공격하지 않고 나나 동생처럼 약해 보이는 사람만 공격하는 것이었다. 괴롭기도 했지만 정글에서나 경험할 수 있는 스릴 넘치는 일들이었다.

수렵과 채취도 즐거운 일이었다. 군것질거리가 많지 않은 시골에서 아이들은 앵두, 물앵두, 고욤, 야생 감을 따 먹는 재미가 쏠쏠했다. 뿐만 아니라 풀밭에서 방아깨비를 잡아 구워 먹으면 고소한 맛이 일품이었다. 형들이랑 물고기를 잡아 매운탕을 끓여 먹는 일도 재미있는 놀이였다.

사춘기를 거치면서, 그리고 중학교에 입학하면서부터 많은 고민거리가 생겨났다. 자연히 내성적이고 사색적인 청소년이 되었다. 돌아보면 초등학생 때까지 나는 낙원의 소년이었다. 가난했지만 더없이 행복한 시절이었다. 그 시절의 삶이 바로 내가 찾는 생태적인 삶의 모델이다. 그런 의미에서 나의 생태주의는 고향 회복 의지와 겹친다.

# 실낙원의 청년

대학생이 되면서 고향을 떠나 서울로 거주지를 옮겼다. 중고생 시절에는 학업에 정진하면서도 고향과 가족의 품이 있었기에 별다른 결핍을 느끼지 못했다. 그러나 대학생이 되어서는 많은 게 달라졌다. 대학 시절 나는 부모님으로부터 독립하다시피 했다. 기숙사나 비좁고 열악한 자취방에 살며 학비와 주거비, 생활비를 벌기 위해 거의 매일 아르바이트를 했다. 당연히 자연과 교감할 여유가 없는 삭막한 삶이었다.

대학원에 진학하면서 자취방을 조금 넓혀 화분을 들이기 시작했다. 조금씩 더 넓은 공간으로 이사를 다니면서 비례하여 화분의 수를 늘렸다. 강사, 연구원, 교수 등으로 신분이 바뀌면서 주거 공간도 점차 넓어졌고 화분의 수도 늘어났다. 이사를 다닐 때마다 화분만 따로 운반할 1톤 트럭을 추가로 요청해야만 했다. 가능하다면 한 곳에 정착하고 싶었지만 신도시 전셋집이라 불가능했다. 신도시에는 투기 목적의 집들이 많아 집주인이 시세 차익을 노리고 팔아버리는 일이 잦았으므로 어쩔 수 없이 빈번하게 이사를 다녔다.

시간 날 때마다 공원이나 주변 숲을 산책하는 일도 즐거웠지만, 화분을 돌보는 일은 또 다른 기쁨을 주었다. 그것은 일종의 작은 농경이다. 분갈이하고 거름 주고 가지치기하면서 농경과 유사한 자연과의 교감과 연대를 경험할 수 있다. 이사할 때마다 화분을 이고 지고 옮기는 일은 대단한 고역이지만 작은 농경이 주는 즐거움이 그 고통을 압도해버리고도 남는다. 화분을 돌보는 일도 즐거웠지만 그것이 야생과 교감하는 행복을 온전히 대체하지는 못했다. 내 마음 속에는 언제나 야생의 숲에서 뛰어놀던 어린 시절에 대한 그리움과 동경이 자리 잡고 있었다.

▲ 동고비

# 텃밭 생물학자의 꿈

나는 4형제 중 셋째이다. 위로 두 살씩 터울이 있는 두 형이 있고, 여섯 살 아래의 동생이 있다. 나는 6년간 3형제의 막내였다. 우리 집은 그 지역에서 14대째 이어오는 경주 김씨 종가였다. 증조부모님, 조부모님이 생존해 계셨다. 증조부께서는 내가 여섯 살 때, 조부께서는 그 이듬해, 그리고 증조모께서는 내가 초등학교 5학년일 때 돌아가셨다. 나는 곁에서 그분들의 임종을 지킬 수 있었다. 그때 내가 경험한 어르신들의 죽음은 자연스럽게 자연으로 돌아가는 과정이었다. 삶과 죽음, 인간과 자연은 하나로 연결되어 있었다. 집안 어르신들의 삶과 죽음에서 자연스럽게 생태적인 세계관을 터득했다.

선친께서는 논밭에 일하러 나가실 때면 꼭 우리 형제들을 동행하셨다. 대가족을 봉양하기 위해서는 아이들도 일손을 보태야만 했다. 막내는 너무 어려서 증조할머니 슬하에 남아있고, 형들과 나는 아버지와 함께 들에서 농사일을 했다. 모내기, 벼 베기, 보리 베기, 고구마 캐기 등 일손이 많이 필요할 때면 우리 형제들은 빠지지 않고 거들었다. 나는 딱 초등학교 다닐 때까지 농사일을 도와드렸다. 중학교에 입학한 이후로는 더 이상 일을 시키지 않으셨다.

초등학교 다닐 때까지 부모 형제와 함께한 시절의 기억이 따스했다. 보리를 베다가 발견한 멧밭쥐 둥지, 하루 종일 고구마를 캐다가 돌아오던 어둑어둑한 늦가을 저녁, 모내기하다가 논두렁 위에 아무렇게나 앉아서 먹던 새참, 밭둑 위에 앉아 씹어 먹던 사탕수수 줄기의 달콤한 맛, 나뭇가지에 걸터앉아 한 움큼 입안에 털어 넣은 물앵두 열매.

나는 다시 텃밭을 일구며 마치 연어가 강물을 거슬러 기원으로 돌아가듯이 기억의 근원을 더듬어 보고 싶었다. 그것은 단지 과거로의 회귀가 아니다. 텃밭은 하나의 자연, 생태계이다. 나는 텃밭에서 생물학자처럼 자연과 교감하면서 자연을 관찰하고 이해하고 싶었다.

들과 숲, 논과 밭에서 뛰어놀던 초등학생 때, 내 최초의 꿈은 생물학자, 좁게는 동물학자, 조류학자, 곤충학자 등과 같은 것이다. 내 소설 『붉은배새매의 계절』은 그 꿈이 반영된 작품이다. 어린 시절 나는 새를 유독 좋아했고 다른 생물들도 좋아했다. 심지어는 붉은배새매 유조를 구조해서 길러 자연으로 돌려보낸 적도 있다. 소설은 유년 시절의 체험을 문학적으로 재구성한 작품이다. 텃밭 농사도 어린 시절 꾸었던 꿈의 결과물이다.

이런 얘기를 하면 독자 중에는 단순하지 않은 내 이력에 고개를 갸우뚱하는 분들이 있다. 그분들을 위해 여기서 잠시 나의 꿈 이야기를 들려드리고자 한다.

내가 두 번째로 가슴에 품은 꿈은 시인이다. 초등학교 고학년 때에는 둘째 형까지 중학생이 되어버리고 나는 혼자서 염소를 책임져야 했다. 등교 전 아침에 염소들을 풀밭에 묶어두고, 하교하면 염소를 몰아 풀을 뜯겼다. 시냇가 풀밭에 염소를 풀어두면 온갖 흥미진진한 모험이 펼쳐졌다. 물고기 잡기, 새 둥지 찾기, 곤충 채집 ……. 숲과 풀밭을 헤집고 다니다 보면 시간 가는 줄을 몰랐다. 어느새 어둠에 포위되어버리곤 했다. 그 시절 나의 꿈은 아프리카 초원과 밀림의 생물을 연구하는 생물학자였다.

천방지축 뛰어다니기만 했던 것은 아니다. 너럭바위에 엎드려 숙제도 하고 책도 읽었다. 더운 여름 바위에 걸터앉아 시냇물에 발을 담그고 아름드리 나무 그늘에서 책을 읽는 시간은 에덴의 기억으로 남아있다. 6학년 때였다. 어느 봄날 담임 선생님께서 동시 두 편을 숙제로 냈다. 나는 풀 뜯는 염소들 곁 너럭바위에서 동시를 썼다. 의외로 술술 풀려나왔다. 몇 편이라도 써낼 수 있을 것만 같았다. 여남은 편을 써서 과제로 제출했다. 그 시절 시골 학교에서는 대개 그렇듯 동시 두 편을 다 써오지 않은 아이들도 많았다. 그런데 여남은 편을 냈으니 선생님의 눈이 휘둥그레졌다. 선생님께서는 자신은 시에 대해서 잘 알지 못하니 그중에서 내가 두 편을 골라주면 그것을 시 교육청에서 주관하는 초등학생 백일장에 출품하겠다고 했다. 제일 마음에 드는 두 편을 골라드렸고 그것이 당선이 되었다. 그때부터 나는 어른이 되면 틀림없이 시인이 될 것이라는 근거 없는 믿음을 확고하게 지니게 되었다.

나의 또 다른의 꿈은 종교학자였다. 대부분의 농촌 마을이 그랬듯이 내 고향에도 민간 신앙, 유교, 불교, 도교 등의 유풍이 뒤섞여 있었다. 기독교가 들어오면서부터는 당산나무 앞에 정한수를 떠 놓고 기도하던 할머니들이 교회에 나가 열심히 새벽기도를 하기 시작했다. 갑작스럽지만 자연스러운 변화였다. 영적 삶이 변함없이 지속되고 있다는 점에서 어쩌면 아무 변화도 없는 것이나 다름없었다.

그런 영적인 분위기 속에서 나는 조금씩 종교에 대한 관심의 싹을 키우고 있었다. 결정적으로 사춘기 무렵 건강에 약간의 문제가 생기면서 생각이 깊어졌다. 몸이 아프니 당연히 정신적으로 힘든 과정을 건너야 했다. 내성적이고 사색적인 소년이 되었다. 친한 친구에게 큰 불행이 닥치는 일까지 생겼다. 자력으로 어찌할 도리가 없는 난관 앞에서 자연스럽게 절대자를 찾게 되었다. 나를 아껴주신 선생님을 따라 소규모 신앙단체에도 나가보곤 했다. 거기에서 절절하게 신을 찾는 사람들, 구원을 갈구하는 사람들을 보게 되었다. 나는 뜨거운 신앙적 분위기 속에서 오히려 회의와 의문을 품게 되었다. 과연 신이 존재하는지, 그리고 저렇게 확실한 믿음의 내면은 어떤 것인지 궁금했다.

그러한 과정을 거쳐 나는 종교학자가 되기 위해 대학의 종교학과에 진학했다. 대학 시절에 시인의 꿈과 종교학자의 꿈이 맞물리면서 나는 '종교와 문학'이라는 분야에 관심을 기울였다. 계속 창작을 하면서 그 분야의 학자가 되고 싶었다. 그러기 위해서는 유학을 떠나야할 필요가 있었다. 그러나 학부 때부터 줄곧 고학을 해온 내 형편으로는 감당할 자신이 없었다.

대안을 찾다가 대학원을 국문과로 진학하기로 결정했다. 국문과에서 '종교와 문학' 분야의 연구가 충분히 가능해 보였다. 국문과 대학원에 진학하여 그 분야의 연구에 매진한 결과 빠른 시간에 많은 연구 업적을 쌓을 수 있었다. 좋아하는 분야였기에 가능한 일이었다. 나아가 생물학자의 꿈을 반영하여 생태 문학 연구로 확장해 나갔다. 대표적인 결과물이 『한국 현대시와 종교 생태학』이다. 연구가 즐겁고 성공적이었다. 왜냐하면 내 안에는 여전히 생물학자를 꿈꾸는 내면 아이가 살고 있었기 때문이다. 또한 시인을 꿈꾸는 소년, 신앙과 실존에 대해 번민하던 청소년기의 내성적이고 사색적인 소년도 여전히 내 내면에 살아 있다. 이 소년들이 나를 끊임 없이 방황하게 한다.

일가를 이루려면 한 우물만 파야 하는데 여기저기 기웃거리고 있는 것만 같아 살짝 걱정될 때도 있다. 그러나 세속적 성공보다는 충만한 삶이 우선이다. 내면의 부름을 따라 충만한 길을 밟아가는 것이 보다 나은 삶이라 믿는다.

▲ 농기구

추천사

# 경이로운 세계의 이야기

경이로운 우주는 밤하늘에만 펼쳐지는 것이 아니라 하늘과 조응하는 대지의 세계에도 펼쳐져 있음을 이 책은 말해준다. 우주는 우리 바로 곁에도 펼쳐져 있는 것! 대학교수이기도 한 김옥성 시인이 10년 넘게 감행한 '주말 농부' 생활은, 온갖 생명체들이 합창하는 대지의 경이를 자신의 삶에 흡입하기 위한 것이다.

시인은 밭을 일구고 작물을 재배하는 노동을 통해 대지와 살을 섞는다. 그리고 그 우주에 살고 있는 생명체들을 세심하게 관찰하면서 어린 시절의 기억을 떠올리기도 한다. 소박하면서도 다채로운 이 과정을 기록한 '텃밭 생명 일지'는 온갖 생명체들이 살아가면서 형성하는 경이로운 세계를 폭죽처럼 펼쳐낸다.

텃밭을 일구며 자연과 함께 사는 생태적 삶이야말로 우주의 경이로운 신성을 체험할 수 있음을 이 책은 보여주는 것이다. 생태적 삶은 자신의 마음속 우주와 다시 만나는 일이기도 하다. 시인이 유년 시절에 살았던 우주, '잃어버린 낙원'을 텃밭에서 만나고 있듯이 말이다. '나'의 삶을 잃어버린 도시인이라면 꼭 읽어보길 권한다. 지금 살고 있는 세계와는 다른 세계, 나아가 다른 삶을 만날 수 있을 테니까.

– 이성혁 | 문학평론가

**김옥성**

오랜 시간 생태적 사유와 종교적 상상에 천착해온 작가이자 생태인문학자이다. 단국대학교 국어국문학과 현대시학 교수이다. 문학과환경학회 부회장을 역임하였다.
서울대학교 인문대 종교학과와 대학원 국어국문학과 박사과정을 졸업하였다.
1996년 대학문학상 시 부문, 1997년 대학문학상 평론 부문을 수상하였으며, 2013년 김준오시학상을 받았다. 2003년 『진주신문』 가을문예와 『문학과경계』에서 소설로, 2007년 『시사사』에서 시로 등단하였다.
시집으로 『도살된 황소를 위한 기도』가 있으며, 장편소설로 『붉은배새매의 계절』이 있다.
주요 학술서로 『한국 현대시와 불교 생태학』, 『한국 현대시와 종교 생태학』(김준오시학상), 『현대시의 신비주의와 종교적 미학』(2008년 대한민국 학술원 우수학술도서), 『한국 현대시의 전통과 불교적 시학』(2006년 문화관광부 우수학술도서) 외 다수가 있다.

E - mail : hywriter@dankook.ac.kr

**텃밭 생명 일지 - 주말 자연인의 열두 달**

**초판 인쇄** | 2024년 6월 29일
**초판 발행** | 2024년 6월 29일

**지은이** 김옥성

**책임편집** 윤수경

**발행처** 도서출판 지식과교양
**등록번호** 제2010 - 19호
**주소** 서울시 강북구 삼양로 159나길18 힐파크 103호
**전화** (02) 900 - 4520 (대표) / 편집부 (02) 996 - 0041
**팩스** (02) 996 - 0043
**전자우편** kncbook@hanmail.net



ISBN 978-89-6764-209-9 93800 **정가 16.000원**